文春文庫

昭和天皇の声

中路啓太

文藝春秋

昭和天皇の声　目次

感激居士　7
総理の弔い　57
澄みきった瞳　107
転向者の昭和二十年　157
地下鉄の切符　207
解説　杉江松恋　258

昭和天皇の声

感激居士

一

昭和十年（一九三五）八月十二日、数えで三十五歳の昭和天皇は、三浦半島の葉山御用邸に滞在していた。

午後一時二十分頃のことだが、陸軍省人事局の課員が、東京から急遽、御用邸に到着した。報告を受けた本庄繁《ほんじようしげる》侍従武官長（陸軍大将）は、ただちに天皇に拝謁《はいえつ》を求めている。

御用邸は相模湾に面しており、盛夏のその午後、海水浴に出かけるところであった天皇は、本庄の上奏に対し、

「陸軍にこのような珍事が起きたことは誠に遺憾である」

と述べた。その上で、尋ねた。

「このまま水泳に出ても差し支えはないか？」

本庄は陸軍の不祥事に恐懼《きょうく》して詫びながらも、

「ご運動はご予定通りあそばされませ」

と言上《ごんじょう》している。

天皇にとってはそのとき、陸軍内の「珍事」よりも、海水浴のほうが重要だった。それも無理からぬことだろう。この「珍事」がのちにもたらす影響について、同時代の人々のほとんどが、まだ気づいていなかったのだから。

その日の午前九時二十分過ぎのことである。東京三宅坂は陸軍省の裏門に、一台の円タクが停まった。すでに太陽がぎらつき、空気が蒸し蒸しする中、降りてきたのは、一メートル七十センチ以上という、当時の日本人としてはかなり長身の陸軍中佐だった。名前を相沢三郎《あいざわさぶろう》という。

明治二十二年（一八八九）生まれ、陸軍士官学校二十二期で、四十七歳だった。剣道の達人として知られる彼の経歴で目立つのは、陸軍戸山学校、陸軍士官学校、日本体育会体操学校など、学校勤務が多かったことだ。

それまで広島県福山市の歩兵第四十一連隊に所属していた相沢は、この八月の人事異動によって、台湾歩兵第一連隊付を命じられていた。次の任務はまたもや、台北高等商業学校の配属将校である。その転任の挨拶のためとして、士官学校勤務時代に生徒隊長であった、山岡重厚《やまおかしげあつ》整備局長（中将）を局長室に訪ねた。そしてそこから、軍務局長室に向かった。

ときの軍務局長は、永田《ながた》鉄山《てつざん》少将だった。明治十七年生まれで、五十二歳である。「永田の前に永田なく、永田の後に永田なし」と呼ばれた俊才で、陸軍士官学校を首席

（十六期）、陸軍大学校を次席（二十三期）で卒業しており、大方の者から、将来は必ず陸軍大臣になると見られていた。

欧州大戦（第一次世界大戦）前後の時代に、ドイツ、デンマーク、スウェーデン、スイスなどに駐在した経験から、総動員体制の確立が急務であるとの認識を持った永田は、数々の大胆な提言で頭角をあらわし、軍政家として出世コースを歩いていった。陸軍省の整備局動員課長、軍務局軍事課長、参謀本部第二部長、歩兵第一旅団長などの要職を経て、昭和九年三月に軍務局長となった。軍務局は作戦や人事以外の陸軍の方針を決定し、かつ、その予算の獲得にあたる中枢部局である。

軍務局長室の入口まで来た相沢中佐は、持っていたトランクを廊下に置き、脱いだマントをその上にのせた。そして、佩《は》いていた軍刀、二尺四寸を鞘《さや》から抜く。江戸時代初期の刀匠、河内守藤原國次《かわちのかみふじわらくにつぐ》の手になる、相沢家伝来の銘刀だ。士官学校を卒業したとき、相沢はそれを父から譲り受けた。

そのとき、局長室に誰がいたかについては説がわかれるが、永田は用談中であった。机の上には「粛軍《しゅくぐん》に関する意見書」と題された文書の冊子が載っていた。永田を悪者として罵倒《ばとう》する〝怪文書〟であり、その対応について協議中だったのだ。

気配に気づき、永田が顔を上げたとき、相沢はすでに間近に迫り、刀を上段に掲げていた。

「永田、天誅《てんちゅう》だ」

相沢は叫ぶと同時に、刀を振り降ろした。

机の向こうの永田は、とっさに椅子から立ち上がり、刃を避けようと後ろ向きになった。右肩先から背にかけて、浅く斬られる。

同席していた東京憲兵隊長、新見英夫《にいみひでお》大佐が相沢の腰にしがみついた。相沢は新見の手を振り払い、一閃を見舞う。刃は新見に、左上膊部《じょうはくぶ》の骨膜に達する深手を負わせた。

その間に永田は走り、隣の軍事課長室のドアに取りついた。だが、ノブを回したもののドアは開かなかった。

相沢は駆け寄り、永田の背中に刀を突き入れた。白刃は永田の肺を切り裂き、体を突き抜けて、切っ先はドアに達した。相沢のほうもこのとき、無意識に刀身を左手で握りしめてしまったから、親指をのぞく四本の指に、骨に達する傷を負った。

相沢が刀を引き抜くとともに、永田は転倒した。立ち上がり、応接用のテーブル付近まで逃れたが、そこでまた、うつぶせに倒れる。相沢は駆け寄ると、永田を足蹴にして仰向かせた。左顳顬《こめかみ》に第三刀を浴びせる。さらにとどめのため、喉をめがけて一撃を見舞った。

こうして、陸軍はじまって以来の逸材と言われた永田は、絶命した。現場には、血まみれの「粛軍に関する意見書」が残されていた。

相沢が軍務局長室に飛び込んだとき、新見大佐のほかに、兵務課長の山田長三郎《やまだちょうざぶろう》大佐もいたとされる。山田自身はこれを否定しているが、新見、山田両大佐は、「軍務局長を見殺しにするとは、軍人の風上《かざかみ》にも置けぬ卑怯者《ひきょうもの》だ」と非難された。恥辱《ちじょく》に堪えかねた山田は、後に自宅で腹を切って死ぬ。新見は京都憲兵隊長に左遷された。

しかし、新見と山田のみを「軍人の風上にも置けぬ」と非難するのは公平さを欠くと言えよう。奇妙なことだが、凶行後、相沢は身柄を押さえられることもなく、陸軍省内を歩きまわっていたのだから。相沢が整備局長室に戻り、

「永田に天誅を加えてきました」

と報告すると、山岡整備局長も彼を拘束しようとはせず、その左手の傷を見て、

「医務室へ行け」

とすすめている。

医務室を探して省内をうろつくあいだも、相沢は誰からも咎《とが》められたり、身柄を拘束されたりしなかった。新聞班長の根本博《ねもとひろし》大佐と握手をしたり、調査部長の山下奉文《やましたともゆき》少将と平然と言葉を交わしたりしている。

ようやく相沢の身柄を押さえたのは、通報を受けて駆けつけた、東京憲兵隊麴町分隊の小坂慶助《こさかけいすけ》曹長と部下の青柳《あおやぎ》軍曹だった。ハンカチを巻いた左手を胸の辺りに掲げて歩く相沢を発見すると、小坂は、

「怪我をしていらっしゃるようですから、病院にご案内します」

と説得して車に乗せ、憲兵司令部へと連れていった。

尋問にあたった小坂は、相沢という男の異様さに面食らうことになる。なにしろ、取調室の外にまで響き渡るような声で、

「永田のごとき者を、俺は殺しはせん」

と言うのだ。

血塗られた相沢の軍刀や、手の傷、さらには軍務局長室に残されていた相沢の軍帽などについて指摘し、

「これらが何よりの証拠ではないか」

と詰め寄ると、相沢は、

「伊勢神宮の大神が、相沢の身体を一時借り、天誅を下したもうたのであって、俺の責任ではない。俺は一日も早く台湾に赴任しなければならない」

と叫んで帰ろうとする。

「事情のはっきりしないうちは、ここから帰すことはできません。たとえ伊勢神宮の神示であっても、直接手を下したのは貴官です。人を殺せば、法律というものがあります。その責任は取ってもらわなければなりません」

「曹長は法律と言うが、その法律を勝手に作る立場にある人たちが、お上の袖に隠れ、法律を超越した行為をなした場合、いったい誰がこれを罰するのだ？ 神様による天誅以外に道がないではないか」

この男は正気ではない——。

話せば話すほど、小坂の全身の皮膚は粟立っていった。

二

相沢が所属していた歩兵第四十一連隊の連隊長は、樋口季一郎《ひぐちきいちろう》大佐だった。

相沢より年齢は一つ上、陸軍士官学校も一期上の二十一期である。その後、陸大にも進み（三十期）、ウラジオストック特務機関員やハバロフスク特務機関長、ポーランド公使館付の武官などを経験したこともあって、国際情勢にもよく通じていると評されていた。

のちのことだが、少将としてハルビン特務機関長になってから（昭和十二年以降）は、ナチスドイツの迫害を受け、ヨーロッパからシベリア鉄道でソビエト連邦と満洲国の国境まで逃げてきたユダヤ人の保護にあたったことでも知られる。当時、日本とドイツは防共協定を結んでいたが、ドイツ側の反発を無視し、ユダヤ人難民たちを南満洲鉄道に乗せて、上海方面へと脱出させたのだ。これをユダヤ人たちは「ヒグチ・ルート」と呼んだ。

また、対米英戦中はキスカ島守備隊の無血撤退を成功に導いたり（昭和十八年）、日ソ中立条約を一方的に破って侵攻してきたソ連軍を、千島列島の占守島《しゅむしゅ》で叩き、足止めを食わせたりもした（昭和二十年）。そうした功績から、戦後においても、優れたリーダーとして高い評価を得ている。

士官学校卒業後の樋口と相沢が浅からぬつき合いをするようになったのは、相沢事件（永田斬殺事件）の約三年前、すなわち、樋口が東京警備司令部に配属され、田園調布に住んでいた、昭和七年の秋ごろにさかのぼる。少佐で、秋田の歩兵第十七連隊付であった相沢が、大岸頼好《おおぎしよりよし》という中尉を伴って、前触れもなく樋口の自宅にやってきたのだ。

当時、政治や社会、軍の組織のあり方などに不満を持つ若い将校たちが、各方面に国家改造の重要性を遊説してまわったり、あるいは、これはと思う人のもとを訪れて、意見交換をしたりすることは珍しくなかった。相沢と大岸も、樋口のことを国家改造のために提携すべき人物と見て、訪ねてきたらしい。

だが聞けば、二人は秋季演習ののち、上官に断りもなく上京したというから、樋口は、

「なんたる不届きか。速やかに帰隊し、自分の処置を上官に仰げ」

と怒鳴りつけて、ただちに追い返した。

しかししばらくして、相沢はまた訪ねてきた。このときは一人だった。

「今度は、きちんと連隊司令部の許可を得て参りました」

と言うので、樋口は相沢を家にあげてやった。

「国家の改造を行わなければなりません」

対座するや言った相沢に、樋口は質《ただ》した。

「その改造というものを、実力をもって行うつもりかね？」

「そうです。政党政治家や重臣などを討ち果たさなければなりません」

「それは、北一輝《きたいっき》の考えだな」

北一輝というのは、過激な青年将校や右翼活動家らから厚く慕われていた思想家であった。当初は社会主義に傾倒し、天皇制にも批判的な目を向けていたが、やがて、天皇を中心とした平等な社会の実現を目指すようになった。彼の主著『日本改造法案大綱』は、当局から内容が不穏当とみなされ、一部伏せ字にして刊行されたが、その原文の写しは、多くの者に回覧されている。樋口もまた、それを読み、研究した一人であった。

北の主張は、明治天皇による明治維新は、封建的な身分制を破壊する一種の革命であったが、不徹底に終わってしまったから、もう一度、革命を、すなわち「昭和維新」を起こす必要がある、というものだ。クーデターを起こし、天皇大権によって憲法を停止した上で、資本や私有財産に制限を加えたり、華族制度を廃止したりするなどの国家改造を断行すべきだ、と彼は説く。

「僕が見るところ、北の『改造法案』は、日本の国体精神を尊重する、天皇中心の革命のようでありながら、その実、革命の手段として天皇の権威を利用しようとしているに過ぎない。我ら軍人は、建軍の本旨において、北の原理とは断じて戦うべきである」

樋口の言葉を聞いて、相沢はひどく意外そうな顔つきになった。樋口のことを、北の思想の理解者に違いないと思っていたらしい。

かつて樋口は、橋本欣五郎《はしもときんごろう》（当時中佐）とともに、「桜会《さくらかい》」なる国家改造についての研究会を結成したことがあった。だが、直接行動に出ようとする橋本に対して、樋口は一貫して慎重論を唱え、二人は袂《たもと》をわかった。橋本はやがて、昭和六年にクーデター未遂事件（十月事件）を起こし、謹慎処分を受けることになる。

「樋口さん、あなたは北先生を誤解しておられます。一度お目にかかれば、北先生の真意が明瞭となりましょう」

「僕が北のことを、どう誤解しているというのだ？」

「北先生は、法華経《ほけきょう》の信者であります。毎日毎時、法華経を読誦《どくじゅ》しておられます」

相沢がこう言ったのは、樋口もまた法華経を信仰しているのを知ってのことだろう。

「しかも、北先生はつねに、楠木正成《くすのきまさしげ》、西郷南洲《さいごうなんしゅう》、勝海舟《かつかいしゅう》などの霊との交渉をもっておられる。事実、先生は生ける神であり、仏であります。断じて私心を内に蔵《ぞう》しない国士であり、大哲学者であります」

これには、樋口はあきれ返ってしまった。相沢は、北にほとんど洗脳されていると言っていいと思った。この男は、まさに赤ん坊のような素直さの持ち主であり、それだけに危うい、とも。

「彼が法華経の行者であることにはいちおう敬意を表すとするも、史上の偉人たちの霊と談ずるなどということには無限の疑いを抱かざるを得ない。そのようなことを誇らしげに口外するとすれば、かえって北という男には私心があると断ぜざるを得ないと思う」

樋口の反駁《はんばく》を受け、相沢は叱られた子供のように、しょんぼりとした様子で帰っていった。

ところがその翌日も、相沢は訪ねてきた。驚いたことに、北一輝その人を伴っていた。清王朝が倒された辛亥《しんがい》革命前後に中国大陸にわたり、革命を支援する運動をしていたと言われる北は、いわゆる「支那服」をもとにデザインした、独特の「革命服」なるものを着ていた。

「突然訪問したことをお許し願いたい。私はあらかじめ貴殿のご都合をうかがった上でお訪ねしなければ礼を失することになるとは思ったのですが、相沢が近く帰隊するにつき、私に『ぜひ樋口さんに一度会ってもらいたい』と強くすすめるものですから、このように突然、訪問した次第です」

樋口より五つ年上の北は非常に小柄な男で、身長一メートル七十センチ以上の樋口や相沢とともにいると子供のように見えた。しかし、話す態度は傍《かたわ》らに人無きがごとく、堂々としたものだ。

佐渡島出身の北は、島の風土病のせいで右目を失明しており、義眼を入れていたが、くりくりと動く左目の眼光は、まさに突き刺すがごとく鋭かった。

「まったく、これは荒法師《あらほうし》のような、純な、生一本な男でしてね」

北は笑いながら、凄みのある目で相沢を見た。相沢のほうは、弟子か、あるいは臣下《しんか》でもあるかのように恐縮している。

樋口は、北が自分を見るたびにぞっとした。彼の左目の奥の輝きが、こちらの目の奥に入り込んで、心臓を鷲摑《わしづか》みにするような感覚をおぼえるのだ。あるいはこの男は、妖術のようなものの使い手ではあるまいか、とさえ思った。

「国家の現状を憂える心において、貴殿も私も別に差異があるとは考えられませぬ。よって、今後ともよろしくご交際願います」

頭を下げる北に、樋口も、

「高名なる貴殿にお目にかかり、まことに喜ばしく思います」

などと挨拶をしておいたが、話ははずまず、二十分ほどともに紅茶を飲んだだけで、北は帰っていった。

翌日、答礼の意味で、都合を質《ただ》した上、樋口は北のもとを訪れたが、大久保の彼の邸宅は宏壮《こうそう》なものだった。建物は総檜《そうひのき》のまだ新しいもので、玄関の框《かまち》はぴかぴかに光っている。

樋口はあらためて対話をしてみて、北のことを非常に頭のいい男だと思った。国家改造についての考えを質してみたが、北は肝心な部分、すなわち軍隊を直接行動に使うつもりかどうかについては、はっきりとは話そうとしなかった。そこで、樋口は言った。

「あなたは、多くの軍人に慕われているようだ。しかし、天皇の軍隊を革命の道具として使用することには、私は断乎《だんこ》反対する。もし、そのようなことをして、かりに北イズムに基づく国家改造が達成せられたとしても、必ずや第二、第三のクーデターが発生する。それでは、日本国内の平和は永久に期待されないであろうと思う」

北は薄ら笑いを浮かべながら、ああそうですか、なるほど、などと言うばかりで、まともに反論しようともしないから、樋口もそれ以上は言わず、引きあげた。

しかし以降、香田清貞《こうだきよさだ》、栗原安秀《くりはらやすひで》、大蔵栄一《おおくらえいいち》、村中孝次《むらなかたかじ》、磯部浅一《いそべあさいち》といった若い現役の尉官たちや、西田税《にしだみつぎ》、渋川善助《しぶかわぜんすけ》らの退役軍人たちが、しばしば樋口のもとを訪れるようになった。当時、陸軍内では皇道派と統制派と呼ばれる二派閥が対立していたが、彼らは皇道派に属し、北に心酔していた。そうした青年たちが樋口のもとに通うようになったのは、北も一目置く、気骨のある軍人と見たからかもしれない。

樋口は正直なところ、彼らの訪問を「面倒だ」と思わないではなかった。しかし、妻の静子《しずこ》は、皇道派の青年たちをつねに歓待し、酒食をもってもてなした。

夫が言うのも何だが、府立第三高等女学校出の静子は、頭の回転がよいだけでなく、なかなかの社交人であった。樋口は公使館付武官として欧州に赴任したとき、しばらくして静子を呼び寄せたが、彼女は英語やダンスなどを短期間に、しかも相当にうまくおぼえ、現地の要人たちと夫との仲を取り持った。武官として諜報活動にも従事していた樋口にとって、静子は優れた外交官であり、工作員でもあった。

青年将校たちに対して、樋口はいつも極端な行動に走らないよう説諭し、また彼らが不穏な計画を立てていないか探っていた。静子のほうも、とくに何も言われなくても、夫に協力しようと努めていたのだろう。

樋口の家に出入りしていた者の中にはもちろん、相沢もいた。彼は樋口と同じ四十代で、佐官（少佐）であったから、青年将校というより〝初老将校〟だった。しかし、自分よりもずっと若い将校たちに、相沢は師に対するように恭《うやうや》しく接し、国家改造についての教えを乞うていた。いっぽう、青年将校たちのほうも、相沢の古武士のような純で一途《いちず》な人柄に並々ならぬ敬意を抱いている様子であった。

相沢は、重臣や財閥が天皇の権威をないがしろにしているとか、政党政治家と財閥が結託して農民や労働者を苦しめているなどと誰かに吹き込まれると、すぐに異様な興奮状態となった。そして、青年将校の幾人かと連れ立って樋口のもとに来て、

「もはや猶予はなりません」

などと叫ぶ。

そのたびに樋口は、次のように諭《さと》した。

「君たちの希望が合法的に達成される方法が見つからず、非合法に出るほか道がないとの信念に到達するならば、是非とも現役軍人たる立場を離脱すべきである。間違っても、下士官兵を含む軍隊を使用してはならない。そのようなことをしては、単に国体の本義を逸脱するのみならず、天皇の軍隊を崩壊せしむることになる。そのような場合には、僕は立場上、当然、諸君と対決するであろう」

そうして諄々《じゅんじゅん》と説くうち、相沢の興奮はおさまっていく。やがて、自分の至らなさを反省し、こちこちに縮み上がって、

「たしかに、おっしゃる通りであります」

と言うのだった。

相沢の感情の振幅は激しかった。ある者の話を聞いては激しく怒り、猛獣のように吠え出すが、別の者の話を聞いては、しょげかえって後悔の念を述べる。

やがて、樋口は内心、相沢のことを〈感激居士《こじ》〉と呼ぶようになった。

昭和八年の八月に、樋口は歩兵第四十一連隊の連隊長を拝命し、福山に赴任したが、相沢もまた自分の部下となることを知った。

容易ならざる難物を抱え込んだものだ——。

これが、樋口の偽らざる思いだった。

だいたい、無許可で離隊するような者は、この異動において、予備役に編入するなど、しかるべく処分すべきではないか。そのようにも考えた。

しかし、それまで歩兵第五連隊連隊長として、相沢の上官であった谷儀一《たにぎいち》大佐も、「何か問題行動を起こしたとしても、元来、その性格は率直単純であるから、説諭すれば謹慎反省する」と、温情あふれる相沢評を中央に送っていたのである。「危なっかしいところはあるが、憎めない奴だ」というのが、相沢の上官たちの、共通した認識だったのだろう。

結局、樋口は福山で、相沢とはほとんど家族ぐるみのつき合いをするようになった。

そこには、静子が大きくかかわっている。

昼間、樋口が家を留守にしているあいだ、静子は相沢の妻、米子《よねこ》と、同じ軍人の妻同士、母親同士として、親密に交際しているようだった。面倒見のよい静子のもとへ、夫や四人の子供たちについての悩みを打ち明けるべく、米子がやってくることもしばしばらしい。

樋口が勤めから帰ってくると、二人がまだ話の真っ最中であるときもあった。卓上には饅頭やら蜜柑やらが山盛りになっている。ゆっくりしていきなさい、と樋口が言っても、米子はあわてて立ち上がる。

「ああ、お腹いっぱい。こちらに来るたびに太ってしまいます。『また子ができたのか』と主人に笑われます」

けらけら笑って、膨れた腹を手でぽんぽんと叩きながら、米子は帰っていった。

ときに危ういほど生真面目で、凝り固まった物の考え方をする相沢とは正反対に、彼女は取り立ててこだわりも、気取りもない、朗らかそのものの女性に見えた。だから、相沢との夫婦生活についても、さしたる問題もないように思える。しかし、樋口が地元の銘酒「鉄正宗」で晩酌をしているときに、静子から聞かされる米子の心配事のうちには、相当に異常なものもあった。

「ご主人の様子がまた変になってきたみたいです。真夜中に突然、起き出して、軍刀を抱えながら叫び声をあげるんですって。『かならずやらねばならん』とか、『尊皇絶対だ』とか……米子さん、『連隊長から、何とか諭してやっていただきたい』って言っていましたよ」

そういう話を聞かせた後には、静子は必ず、こう付け加えるのだった。

「米子さんみたいにいいお母さんはいませんよ。あなたが相沢さんをよく導いてあげなければ、米子さんが可哀想です」

こう言われては、樋口も放っておくわけにはゆかない。翌日には連隊長室に相沢を呼び、

「我々軍人は、政治家ではない。何よりも、まずは自己の任務を完遂しなければならない。軍務よりも国家改造を優先するというのであれば、軍を辞めてからおおいにやるがいい。陛下の統帥を受ける身ながら、軍務をおろそかにするなどということは、断じて許されないぞ」

と説教したものである。

また、相沢が語る言葉に、北一輝の影響が感じられるときには、こうも言ってやった。

「今後、休暇などで東京へ行くときには、北一輝に会ってはならんぞ。君の言うように、あの仁は正しいことを言っているのかもしれない。しかし、君が軍人である以上、彼の説く政治運動とは距離を取らねばならん」

はじめは眼をぎらつかせ、顔を紅潮《こうちょう》させていた相沢も、樋口の訓導を受けると、しばらくはまた、しおらしい様子に戻った。

だが、相沢に強い影響を及ぼしていたのは、北一輝だけではなかった。樋口は気づいていなかったが、彼に非常に大きな感化を及ぼしていた人物がもう一人いた。

三

もともとの、米子の夫に対する印象は、子煩悩で優しい人だ、というものだった。訥《とつ》弁《べん》で、家でもあまりしゃべらない。子供たちに対しても、怒鳴りつけたり、手を上げたりすることはなく、目を細めて抱き上げてやるばかりだった。

出世とは縁がなく、また、満洲などの辺境へ行かされ、戦うということもなかった。それを、相沢自身は恥じているようだったが、米子は、夫と子供たちとともに、内地で静かに暮らせることに満足していた。

相沢にあからさまな変化が生じたのは、昭和六年八月に、青森の歩兵第五連隊の大隊長に任じられてからだ。少佐であった相沢は、同じ連隊の大岸中尉から「国家改造」「昭和維新」などの考えを聞かされ、大いに感じ入ったのだ。

陸士三十五期、数えで三十歳の大岸中尉を、四十過ぎの相沢少佐は「先生」と呼んだ。そしてそのころから、相沢の口からしばしば、「建国の精神」とか、「尊皇絶対」などの言葉が出るようになった。また、大岸やその同志たちと連れ立ち、無許可で屯所を離れ、あちこちへふらふらと出歩くようにもなった。

昭和七年五月十五日、腐敗した政党政治に憤《いきどお》った、海軍の青年将校を中心とした一団が総理官邸を襲い、立憲政友会内閣の犬養毅《いぬかいつよし》総理を殺害した。いわゆる五・一五事件だが、それを知った相沢は「こうしてはいられない」と絶叫し、許可も得ずに青森駅から上野行きの列車に飛び乗って、盛岡駅で憲兵に拘束されるという事件も起こしている。

米子はもちろん、夫の変わりように日々不安を募らせていたが、福山に来てからはいくぶん安心できるようになった。何かあれば樋口夫人が相談に乗ってくれるし、夫も連隊長の言うことはよく聞くようだったからだ。

しかし、その福山で、また一つの転機がやってくる。

昭和八年の暮れに、連隊の主立った者たちが連隊長宅に集まり、忘年会が開かれた。相沢ももちろん出席したのだが、酒を酌み交わしつつ、他の者たちが農村の救済問題や、満洲をめぐる国際情勢などについて語るのを聞き、彼はまたもや興奮状態となった。やがて庭に飛び出し、池に渡された橋の上を、まるで雲の上を歩くような覚束《おぼつか》ない足取りで歩くうち、池水に落ち込んでしまった。

相沢は全身ずぶ濡れで帰宅したが、事はそれで収まらなかった。池に落ちたはずみに相沢は鼓膜を破っており、汚水が耳の奥に入ったため、中耳炎を発症したのだ。しかもそれを放置していた結果、症状は深刻化し、翌年には東京の慶応病院に入院することになった。

入院しても、なぜだか相沢は服薬を拒否し、食事もとらなかった。薬などに頼らず、気力で治そうとしたのか、あるいは、酔って鼓膜を破ったことを恥じるあまり、拗《す》ねてしまったのだろうか。いずれにせよ、入院後、相沢の容態はさらに悪化した。

病院から連絡を受けた米子が福山から駆けつけたとき、医師は彼女に告げた。

「危篤状態ですから、ご親族に連絡してください」

このまま夫が死んでしまうと思うと、米子は恐ろしくてたまらなくなった。幼い子供たちを抱えて、どう生きていけばよいのだろう。どうすれば、夫が元気を取り戻してくれるのだろう。そのように思ううち、一つの名前が米子の頭に浮かんだ。

真崎《まさき》閣下――。

それは、近ごろ夫が同志から話を聞いて、神のごとく尊敬するにいたった人物だった。

親族はもちろん、相沢と親交のあった青年将校たちも病室に集まってきたが、米子は将校たちに言った。

「真崎閣下にお出でいただくわけにはいかないでしょうか?」

敬慕する真崎が枕辺《まくらべ》に来て励ましてくれたなら、相沢は危篤状態を脱することができるのではないか。そのような藁《わら》にもすがる思いで、米子は尋ねたのだった。

しかし、これには青年将校たちも困惑を隠さなかった。真崎閣下、すなわち真崎甚三《じんざぶ》郎《ろう》大将は、雲の上の存在と言えたからだ。

犬養内閣のときに陸軍大臣を務めた荒木《あらき》貞夫《さだお》大将とともに、真崎は皇道派の中心人物だが、その頃、教育総監の職にあった。教育総監部は陸軍所轄の各種学校を統括しただけでなく、全部隊の教育訓練を司《つかさど》るもので、その長たる総監は、陸軍大臣、参謀総長とともに陸軍三長官に数えられていた。

皇道派と統制派の思想上、あるいは国策方針上の違いについては、たとえば皇道派は反共主義的傾向が強く、ソ連との決戦を第一に目指していたが、統制派はまずは中国での覇権確立を目指していたなど、いろいろな説明がなされもする。しかしながら実際には、両派ともに様々な考えの人物が含まれており、思想や国策の面において明確な差を見出すことは困難だ。この派閥対立の直接的な原因は、荒木と真崎が人事において、自分の子分たちを依怙《えこ》贔屓《ひいき》したことにあったと言える。

天皇親政による国家改造の必要性を主張し、それを担うべき集団としての軍隊を〈皇軍〉と呼んだ荒木は、陸相時代、盟友の真崎を参謀次長に据えた。当時、参謀総長は閑《かん》院宮載仁《いんのみやことひと》親王だったが、皇族は直接的には責任を負わない原則になっていたから、次長の真崎が事実上、参謀本部を切りまわすことになり、荒木陸相、真崎参謀次長のコンビで子分たちを次々と軍の要職に就けていった。この荒木や真崎の取り巻きたちが皇道派であり、この情実人事に反発し、巻き返しを図ろうとしたのが統制派と言っていい。

相沢の病床を囲む若い尉官たちは、真崎のことはもちろん尊敬しているのだが、あまりにも身分が違いすぎて、連絡するのすら躊躇《ちゅうちょ》した。かりに連絡がついたとしても、一中佐の病床に、教育総監がわざわざ来てくれるとも思えない。

だが、米子夫人の懇願を無視することもできず、一同のうちでも年長の大蔵大尉が意を決し、真崎の自宅に電話をかけてみた。すると驚いたことに、真崎は病室に姿をあらわした。

軍人たちが直立して迎え、米子もすくみ上がる中、白髪を短く刈り込んだ、どっしりとした体つきの真崎は、悠然と病床に近づき、窶《やつ》れ切った相沢の顔をのぞき込んだ。相沢の手を取る。

「おい、しっかりしたまえ。真崎だ。わかるか」

意識朦朧《もうろう》としながらも、相沢は目の前の人物が何者かわかったようだ。おいおいと泣き出す。

「ありがとうございます、閣下……」

「よい、よい。元気になって、天皇陛下に奉公せねばならんぞ」

わずかな時間だったが、真崎は居合わせた者たちに颯爽《さっそう》たる印象を残して去っていった。

それから、相沢は素直に医師の指示に従うようになった。薬を受けつけ、食事も口にした。やがて、体力が戻り、病気も癒《い》えていった。

これをきっかけに、相沢の真崎に対する信仰は深まった。なにしろ、命の恩人なのだ。さらに相沢は、自分の身を心配して病院に駆けつけ、真崎とのあいだをとりもってくれた若い将校たちのことも命の恩人と見た。彼は米子に、こう言うようになった。

「俺の命は、耳の病気のときにすでになくなったものと思っている。それなのに、若い人たちの一途な好意によって助けられたのだ。その尊い、かけがえのない若い人たちの身代わりになってこそ、一度死んだはずの命がほんとうに生きることになるのだ」

四

その頃、多くのクーデター未遂事件が摘発されたが、昭和九年十一月にも「陸軍士官学校事件」と呼ばれる事件が起きている。皇道派の青年将校たちが士官学校の生徒たちを唆《そそのか》し、議会襲撃などを計画していたとされるものだ。磯部浅一一等主計（大尉相当）と村中孝次大尉が停職処分となり、生徒五人が退校させられることになった。しかし、皇道派の人々は、これを統制派によるでっち上げとして憤った。

翌年の正月、長岡温泉の山田家旅館に家族と逗留《とうりゅう》していた真崎大将は、四日の午前、突然、珍客の訪問を受ける。

背の高い、頬骨の突き出た男だった。気が高ぶった様子である上に、強い東北訛りがあって、はじめ何を言っているのかわからなかったが、よく聞いてみると、正月休みに郷里の仙台に帰った後、「真崎が伊豆のヤマダヤにいる」と聞いてまずは伊東温泉の「やまだ屋」に駆けつけたという。しかし、いない、と言われ、途方に暮れていたところ、旅館組合の案内所の人の協力で、ようやく真崎の逗留先を探し出し、電車とタクシーを乗り継いで長岡温泉に来たということだった。

やっと会うことができた、という感激のせいか、男はいまにも泣き出しそうな顔つきだ。

「以前に、閣下に命を救っていただきました。慶応病院にて……覚えておいでですか？　相沢でございます」

ああ、あいつか――。

「閣下に、国事についてご教示をたまわりたく、参上した次第であります」

裏返った声で言うや、相沢は畳に額をつけた。

正月早々、恐ろしく気張った奴が来たな――。

閉口しつつも、元来、若者たちの心を摑み、自分のシンパを増やすことに長《た》けた真崎は、笑顔を見せた。

「そうか、よく来たな。君もゆっくり湯に浸かり、泊まっていったらいい」

そして、空いている部屋を取ってやり、夜は大きな煮貝や海老がずらりと並んだ御節料理と酒をふるまった。相沢はなかなかいける口のようで、杯をどんどん干しながら言う。

「閣下、私は士官学校事件の仇《かたき》を討ちたいと思います。悪魔の総司令部に天誅を加えます」

「悪魔――」

「永田軍務局長であります」

皇道派の人々は、士官学校事件をはじめとした、自分たちを追い詰めるための工作を行っている黒幕は、統制派の中心人物、永田鉄山だと思っている。

どこまで本気で言っているのか――。

相沢の心底を見定めようとしながら、真崎は応じた。

「君がやらなくてもよい。鉄砲玉など、北一輝の配下などにもいくらでもいる」

「しかし、部外者に殺されては、皇軍の名誉が傷つきます」

「それはそうだな……たしかに、そうだが……」

「閣下は、永田少将のことをどのようにお考えですか？　あのような奸悪《かんあく》な人物が中枢にいつづけては、皇軍の権威は地に落ちます」

「あれは、やっつけねばならん。いずれはな……八月の異動のときに軍務局長を退かぬとなれば、そのままにはしておけん」

もちろん真崎も、政敵である永田が消えてくれれば嬉しくないはずがない。

「私がやります。私のような者は死刑になってもかまいません。私がやらなければ、もっと若い、有為の将校がやり、処刑されることになります」

「君も有為の将校だ。早まったことを考えてはいかん……だが、永田を殺《や》ったからといって、死刑になることはあるまい。五・一五事件の者たちとてそうだが、至純なる動機による行動であれば、助けようとする動きがかならず出てくる」

五・一五事件の犯人たちに対して、多くの国民が同情を寄せた。実際、三十五万通もの減刑嘆願書が全国から届けられたという。なぜならば、政党政治に対する不満が広がっていたからだ。

政党政治家たちは、農村部を中心にひろがる深刻な不況や、満洲事変後の現地の混乱、国際関係の悪化などへの対策はそっちのけで、財閥と手を結び、私腹を肥やすことばかりに執心している。そのような憤りを抱いていた国民の目には、テロリストたちは英雄と映ったのである。

そして、彼らに対する判決も、民間人であった橘孝三郎《たちばなこうざぶろう》は無期懲役を申し渡されたものの、軍人たちは禁錮十五年を筆頭に、比較的軽い有期禁錮刑に留まった(後に恩赦などもあった)。その裏には、彼らに同情的な政治家や軍人の尽力もあったのではないかと言われている。

「いや、永田を殺る者があらわれた場合、儂《わし》も決して死刑にさせたりなどするものか……しかし、早まったことはするべきではない」

真崎は「全身これ陰謀の固まり」などと言われ、天皇も油断のならない男として嫌っていたとされる。そのような男が、テロを唆したとの言質《げんち》を取られるような、あからさまなことを言うはずはなかった。「永田はけしからん」「永田を殺した奴は死刑になどせぬ」などと、暗にけしかけるようなことを匂わせつつも、「自重せよ」「早まるな」と言うことも忘れない。

つねにどっちつかずの言葉を聞かされつづけた相沢は、困惑し切った顔つきで長岡温泉から引きあげた。

この昭和十年の七月、それまで皇道派の旗頭のように目され、陸軍の枢要な地位を占めつづけてきた真崎は、にわかに教育総監を罷《や》めさせられる。これによって、陸軍部内は大いに揺れることになった。

陸軍の幹部人事は、「陸軍省参謀本部教育総監部関係業務担任規定」なる内規によって、陸軍三長官が協議をして決めることになっていた。よって、八月の定期異動に向けて三長官、すなわち林銑十郎《はやしせんじゅうろう》陸軍大臣、閑院宮参謀総長、真崎教育総監が幾度か会議を持ったのだが、そこで真崎の更迭《こうてつ》が決定した。真崎は自分が教育総監を退くことに反対したものの、押し切られてしまったのだ。

皇道派の人々は、この人事を「統帥権干犯《とうすいけんかんぱん》」だと批難した。三長官の合意によって幹部人事を決めるとする内規は、天皇の親裁を得たものである。にもかかわらず、三長官のうちの教育総監が反対する人事を強行したことは、天皇の統帥権が不当に行使されたことになる、というのだ。しかも、真崎更迭の真の黒幕は永田軍務局長、および彼と結びついた軍部外の勢力であるという宣伝もなされた。

真崎の更迭が決まったのは七月十五日だが、十六日の中国新聞の夕刊でそれを知った相沢は、樋口連隊長に面会を求めている。

「亡父の遺した家屋敷の整理などをしなければなりませんので、郷里仙台に一時、帰省したいのですが」

樋口は相沢の顔をじっと見た上で、

「よし、わかった」

と言った。だが、注文をつけてきた。

「帰省の際、軍刀は置いていけよ。持っていくのはサーベルだけだ」

将校が指揮棒がわりに使うサーベルしか持たせなければ、人を斬り殺すこともないだろうと思ってのことのようだ。

「わかりました」

十七日にサーベルのみを持って福山を発った相沢は、翌日、東京に着くと神田で短刀を購入している。そして、陸軍省の大臣秘書官室に有末精三《ありすえせいぞう》少佐を訪ねた。有末は仙台幼年学校の後輩で、青森第五連隊時代に相沢が第三大隊長だったとき、同じく第一大隊長だった。

「軍務局長と会えるよう手配して貰えないか」

相沢に頼まれた有末は、多忙の永田軍務局長が面会してくれるかどうかはわからないと言った。しかし、十九日午後三時半から面会を許される。

初対面の永田は、予想外に小柄な人物だった。眼鏡をかけて椅子に腰掛けるたたずまいは、軍人というよりは大学の先生のようだ、と相沢は思った。

「掛けたまえ」

と椅子をすすめられたが、相沢は直立不動のまま、覚えてきた口上を述べた。

「申し上げます。閣下はこの重大時局に軍務局長としては誠に不適任であります。軍務局長は大臣の唯一の補佐官であります。その補佐が悪いのですから、何卒《なにとぞ》自決されたらよろしかろうと思います」

いきなり自決しろと言われた永田は眉根《まゆね》を寄せ、目を見開いた。だが、冷静な態度は崩さなかった。

「君のように注意してくれるのは非常にありがたいが、自分は誠心誠意やっているつもりだ。もとより修養が足りないので、力の及ばないところもあるが」

それから、陸軍省の組織や、陸軍大臣と軍務局長の関係がどのようなものであるかについて、いろいろと弁解するようなことを言った。

「わかるかね。軍務局長の私が誠心誠意、申し上げても、大臣がご採用にならなければ仕方がないのだ」

ありきたりな、無責任な発言だ——。

永田のことを、陸軍はじまって以来の逸材のように言う人もいるが、しょせんは普通一般の事務屋に過ぎない。相沢はそのように思った。

「閣下のお考えは下克上であります」

「それは違う。下克上というのは、下の者が上の者を誣《し》いることだ」

「大臣は、陛下に対する輔弼《ほひつ》の重責にあられます。その大臣に対して、間違った補佐をするのは、大御心《おおみこころ》を、間違えて下万民《しもばんみん》に伝えることになります。だから、あなたのお考えは下克上だと言うのです」

「話が込み入ってきたから、まあ掛けなさい」

相沢が腰掛けたところで、永田は問うた。

「君は私のことを悪いというが、どこが悪いのか具体的に言ってくれないか」

「真崎大将が教育総監を辞めることになったのは、間違った補佐であります」

「自分は情をもって人事を取り扱うことはしない。理をもって事とする」

「情ということは日本精神のほうから言うと『真心』すなわち『至情』であって、最も尊いものであります」

「何だって？」

「あなたの言われる情とは、ただの感情のことでありますか？」

永田は首をかしげている。やがて、言った。

「自分は、漸進的にこの世の中を改革しようと思っている」

とにかく、真心や至情を重んじる感激居士と、陸軍はじまって以来の理論家の会話は、どこまでいってもまったくかみ合わない。

「今日はじめてお会いしましたが、以前から考えていた通り、閣下は国体観念の乏しい方であります。ですから、軍務局長をお辞めになったらよろしいでしょう」

永田は苦笑するだけで、何も言わなかった。

ちぐはぐなやり取りがつづくあいだ、ときおり、永田の部下が部屋を覗きに来た。次の予定が詰まっているから、そろそろ切り上げてもらいたいということのようだ。

「とにかく、今日はじめて君に会ったので、ゆっくり話すわけにはゆかぬから、この次の機会に話すか、または手紙をやり取りして話すことにしよう」

「それでは、今度上京したときに、またお会いします」

異例なことに、永田と相沢との面会は一時間半に及んだ。相沢は隠し持っていた短刀を使うことはなかった。

どうしてこんな薄っぺらな人が、軍務局長の要職を占めているんだ——。

虚しい思いに浸りながら、午後五時頃、相沢は局長室を後にしている。

翌日、相沢は東京の真崎邸を訪《おとの》うた。はっきりと、真崎が「殺れ」と言ってくれたなら、もう一度陸軍省へ行って、永田を殺害するつもりでいた。だが、真崎は多忙を理由に面会を断った。

考えてみれば、いま自分の罷免をめぐって派閥抗争がいっそう激化し、血気盛んな者たちの感情が沸騰しているときに、「全身これ陰謀の固まり」と呼ばれる真崎が、相沢のような気張った男に会うはずもなかっただろう。面会後に相沢が何か不穏な行動に出れば、みずからがそのとばっちりを食いかねない。

しかし、純情なる相沢には、そのようなことは思いも寄らない。落胆し、煩悶《はんもん》をかかえながら、福山への帰途についた。

二十一日に福山に戻った相沢は、直後に二つの文書に接する。題名は「教育総監更迭事情要点」と「軍閥重臣閥の大逆不逞《たいぎゃくふてい》」だが、世間一般には怪文書と呼ばれる類《たぐい》のものだ。陸軍内の派閥対立を背景に、根拠の不確かな、扇情的な内容の文書がいくつも作成され、配付された。それが、相沢の家にも届けられたのだ。

この二つの文書は、内容的に重複する部分が多い。どちらにも、教育総監更迭を決定した三長官会議における会話の内容や、更迭の裏事情などが、まるで見てきたように書かれてあった。

大まかな内容について記せば、林陸相が「真崎は派閥の中心人物で統制を乱すから教育総監を罷めさせよ、というのが軍内の輿論《よろん》である」と言ったのに対し、真崎は「単に当局に盲従《もうじゅう》せよというのは真の統制ではない。国体原理に基づく軍人精神の確立によって統制するを要す」と応じ、かつ、「教育総監は軍隊教育という重大統帥事項について大元帥陛下を輔翼《ほよく》する者であり、かつ、軍幹部の人事については三長官協議によって決定すべきことは、天皇の親裁を得たものである。にもかかわらず、輿論などをもって総監たる自分が辞めさせられるとは、統帥権干犯であると言わなければならない」と論破したという。しかしながら、林は参謀総長の閑院宮の権威を笠に着て、真崎更迭を強行してしまった、というのだ。

しかもさらに、真崎を中心とした、維新を行おうという強硬派を、重臣たちや政財界の巨頭らを中心とした現状維持派が潰そうとしてきた背景があるとし、そうした現状維持勢力と結んで林を唆し、真崎を追い落とそうとした者として、永田の名前が記されていた。また永田は、十月事件や三月事件などのクーデター計画の首謀者であるとも書かれてあった。

夕食後、浴衣《ゆかた》姿の樋口が団扇《うちわ》を使いながら、ラジオの浪曲に聴き入っていたところ、軍服を着た相沢が突然やってきた。息が上がっている。

「相沢か。戻ってきたのか」

「連隊長殿、事態は容易ならぬ段階に来ました。どうしてもやらねばなりません」

目の前に正座した相沢は、握りしめていた冊子状の文書を、樋口の膝元に叩きつけるように置いた。

感激居士の妙な病気がはじまったな――。

「何が起こったと言うんだ」

「起こったのではありません。起こさねばならぬのです。陛下の側近どもや政界、財界、さらには軍閥の横暴はこれ以上、許すわけにはいきません。天皇絶対のこの国において、統帥権干犯、皇軍の私兵化は断じて看過できません」

冊子を取り上げ、樋口は中身をざっと読んだ。やがて、苦笑しながら、冊子を放り出す。

「こんな怪文書に惑わされてどうする。ここに書かれていることが間違っていないとなぜ言える？」

「言えます」

「きちんと確かめたのか？」

「私が聞いてきたことと、同じことが書かれています。ここに記されているのは、信頼する人たちが言っていることに符合するのです」

「馬鹿者。いい大人が何を言っているんだ。貴様が信頼する人たちだからといって、まったく間違いを犯さないなどとは言えんだろう」

「彼らは、至情の持ち主です」

「至情……至情の持ち主の言うことは確かめなくてもいいのか？」

「それが、禅の妙味です。我々は行動を起こさねばならないのです」

もはや、怪文書の中身の信憑性について相沢と言い争っていても仕方がない。樋口は話を変えた。

「貴様は、『我々は行動を起こす』と言うが、その『我々』とは誰のことか？」

「やむなく、一部軍隊を使用せざるを得ないでしょう」

「それは絶対にいけない。天皇の軍隊を使用して、何の忠君だ。それこそ統帥権干犯ではないか」

「それは平時の考え方です。非常事態においては、軍隊を使用しても陛下はお許しになります」

「それは事後承諾の要求であり、陛下に対する強制ではないか」

相沢は言葉に詰まった。しかし、少し思案した後、また話し出す。

「本来、陛下に対する忠節というのは、神としての陛下に対する忠であります。人間たる天皇はお許しにならぬかもしれませんが、神たる天皇はお許しになります」

樋口は啞然《あぜん》とした。とんでもない論理の飛躍だと思った。このようなことを言いはじめたならば、「俺は神格天皇の思《おぼ》し召しに従っている」として、天皇の命令にも、上官の命令にも背いて構わないことになってしまう。

「神たる天皇は、臣下たる者によって規定されるということか？　それが、貴様の言う『天皇絶対』か？　おい、どうなんだ？」

樋口が厳しく問いつめると、相沢はしどろもどろとなった。

「連隊長殿は、お口が上手ですからね……しかし、今は口の時代ではありません。今は『善悪不二《ぜんあくふに》の法門《ほうもん》』でゆかねばなりません」

「何だそれは？」

「北先生がおっしゃっていたことです」

「まだ北一輝とつき合っているのか？」

「善悪は本来、二にして一であります。一時、ある行動が悪と評されるとしても、後の世には善であったと褒められることがあります。西郷南洲は一時逆徒でありました。しかし後、ご嘉納《かのう》されて、子孫は侯爵を授けられました。一時の悪を問うていては絶対の善は実行できません。善悪不二の法門こそは、昭和維新実行の最後的哲学であることが、今日ようやく明瞭となりました」

樋口と語り合ううちに、相沢は奇妙な「悟り」に達してしまったらしい。

「そのような考えは、断じて認められん。だいたい、米子さんがどう思うと思っているんだ?」

「ワイフも、子供たちも、天皇の赤子《せきし》であります」

相沢は力強く言った。しかし、その目に、内心の動揺があらわれているのを樋口は見た。

「俺は連隊長として、貴様の考えを許すわけにはいかん」

相沢はもはや問答無用とばかりに勢いよく立ち、去ってしまった。

もう、俺の手には負えん——。

樋口はもはや、相沢を見放そうと思った。憲兵に通報し、人物評価についても「危険人物」として中央に報告しようと考えたのだ。

ところが、ほとんど入れ替わりに、米子がやってきた。相沢と、よほど激しい言い争いをしてきたのか、涙目で、豊かな髪は崩れて、太いほつれ毛が頬に貼りついていた。

「相沢はどうしている?」

「どうか、主人をよろしくお願いいたします。あの人は、いい父親です。いまも、一番下の娘の帯を、熱心に締め直してやっておりました」

どうしたわけか、米子はにこにこ笑い出した。樋口が困惑していると、横から静子が言った。

「大丈夫ですよ、米子さん。樋口が悪いようにはしませんから」

安心しきったような笑顔で、何度も頭を下げて帰っていった米子のことが、とても不《ふ》憫《びん》に思えてきた。いま、相沢が処分されるようなことになれば、いちばん辛い思いをするのは、彼の妻子だろう。

樋口は考えを変えた。相沢を危険人物として通報するのはやめ、八月の人事異動につき、「台湾に転任せしむることが適当と考える」旨の上申を行うことにしたのだ。派閥抗争の現場から遠い台湾へ移し、学校の配属将校として、若い生徒たちに得意な剣道などを教えていれば、感激居士も悪しき感化を免《まぬが》れ、おとなしくしていることだろう。そのように判断したのだった。

異動が発令されるのは八月一日だが、翌二日、相沢のもとに台湾の歩兵第一連隊から、赴任の日取りを問い合わせる電報が来た。それによってはじめて、相沢は自分の次の赴任先は台湾だと知った。台北高等商業学校の配属将校となるらしい。

俺の仕事はまた教練か――。

ぼんやりと虚しい思いにひたっているとき、香川県丸亀市の歩兵第十二連隊所属、小《お》川三郎《がわさぶろう》大尉がやってきた。皇道派の青年将校で、「粛軍に関する意見書」と題した冊子を持ってきたのだ。統制派が皇道派を弾圧するために士官学校事件をでっちあげたことや、永田が黒幕とされる三月事件や十月事件を隠蔽《いんぺい》してきたことを糾弾する文書だ。

小川はまた、相沢に、士官学校事件で停職処分となっていた磯部浅一と村中孝次が免官処分となった、とも告げた。停職期間中にこの「粛軍に関する意見書」を配付したことが免官の理由だという。

相沢はがばと立ち上がると、軍刀を手にした。河内守藤原國次作の業物《わざもの》を抜き払いつつ、彼は思った。

至情を持った、有為の青年たちが犠牲になってしまった。正しいことをして処分された者が出たとなれば、他の同志たちも黙ってはいまい。このままでは、若者たちが次々と立ち上がり、傷つき倒れてゆくことになろう。それを止めるには、身代わりが必要だ、と。

やがて、白刃を見つめる感激居士の頭脳において、独特な、観念の結晶作用が起こった。

いままで、戦場に屍《しかばね》を晒《さら》したいと思いつつもかなわず、配属将校ばかりをやってきたのは、今日のためではなかったか。神がこの日のために、すなわち、悪魔に天誅を加えるために、自分を温存したのに違いない、と。

八月九日、福山駅には多くの軍服姿の者たちがいた。ハルビンの第三師団司令部参謀長に転任する樋口を見送る人々だ。その中に、相沢もいた。

「いつ、台湾へ赴任するんだ？」

樋口に問われた相沢は、

「間もなく発つつもりであります」

と答えている。

「しばらくのあいだだが、うちの者たちのことをよろしく頼むぞ」

樋口は、家族を当分福山に残すつもりでいるようだった。

「はい」

と相沢は答えた。しかし翌日、軍刀を携《たずさ》え、上り列車に乗る。

まず大阪に出た相沢は、東久邇宮稔彦《ひがしくにのみやなるひこ》第四師団長に面会し、台湾赴任の挨拶を行っている。東久邇宮は、相沢がかつて仙台の歩兵第二十九連隊に属していた頃の上官であった。その後、宇治山田に赴いて一泊し、伊勢神宮に参拝した。

十一日の午後、東海道線で東京の品川駅に降り立った相沢は、省線で原宿に出、明治神宮にも参拝する。伊勢神宮においても、明治神宮においても、相沢は同じことを念じていた。

もし、ご神意にかなうならば、私に永田を討たせてください——。

もし自分が永田を討てたならば、それは皇室の祖神《そしん》である天照大神《あまてらすおおみかみ》、および明治維新を成し遂げた明治天皇の神霊のお示しであったということになる。そしてきっと、奸物《かんぶつ》にゆがめられた軍の統制は、正しいあり方に復することだろう。相沢は深くそう信じた。

そして八月十二日、すなわちあの事件の朝、相沢は円タクで陸軍省の裏門に到着した。マントを着、河内守藤原國次の銘刀を佩いて。

五

相沢事件は、歴史を振り返る者からすれば皮肉《アイロニー》に満ちている。たとえば悲劇において、登場人物たちが劇中の世界や他の人物について間違った認識を抱きつつ、破滅的運命をたどろうとするさまが描かれるとき、もちろん当の登場人物はそのことにはまったく気づいていないわけだが、ゆえにこそ、真相を知る観客には悲劇性がますます強く感じられるということがある。ここで言う皮肉とは、こうした〈劇的アイロニー〉のごときものである。

皇道派の者たちは、真崎が教育総監を罷めさせられたことは天皇の意思に反した「統帥権干犯」「皇軍の私兵化」と批難したが、実は天皇は真崎を嫌い、軍の要職から追い払いたがっていた節があることも皮肉の一つだ。

昭和十年七月十五日の三長官会議で真崎の更迭が決定し、その許可を得るために林陸相は葉山の御用邸に伺候したが、

「真崎大将は専任の軍事参議官といたしたく」

と奏上したところ、天皇は、

「予備役には入れないのか？」

とすら尋ねているのだ。

ちなみに軍事参議官は、天皇の軍事上の最高諮問機関、軍事参議院の構成員で、みな現役の武官である。教育総監は罷めることになったとしても、名誉ある軍事参議官としての地位は残してやろうとする林の案に、天皇は満足していなかったように思われる。もちろん、相沢の論理によれば、それはしょせん「人間たる天皇」の意思であって、やはり真崎更迭は「神たる天皇」の意思には背いている、ということになるのかもしれないが。

しかしもっと皮肉なのは、この人事の黒幕が永田だとされる説が、どうも怪しいことだ。怪文書の類では、「林はもともと意志の弱い男だが、永田に唆された結果、畏《おそ》れ多くも閑院宮の権威を借り、真崎更迭を強行した」とされている。しかし、様々な手記などからうかがわれるのは、真崎を嫌い、その罷免を強行しようとした主役は、参謀総長の閑院宮だったらしいということだ。

閑院宮は当初、真崎を憎むあまり、その現役身分までを奪おうとし、林もその線で人事をまとめようとしていた。いっぽう、当時の陸軍次官、橋本虎之助《はしもととらのすけ》中将の証言によると、永田が総監人事について林と語り合ったのは一度きりで、しかもそれは、

「予備役編入は不穏当ではありませんか。軍事参議官として現役に留めてはいかがでしょう」

という意見具申のためだったという。

もちろん、永田がこのような意見を述べたのは、真崎という人物を高く評価してのことではなく、あまりに皇道派の者たちを刺激しては組織運営上よろしくないという配慮からに過ぎなかっただろう。しかしそれにしても、永田が、真崎および皇道派の徹底的な打倒を目論《もくろ》む「悪魔」であるという、当時ひろく信じられた誹謗《ひぼう》は、当を得たものとは思われない。

だが、事件にまつわる皮肉は、これに留まらないのだ。

永田殺害後、相沢は第一師団軍法会議にかけられた。予審が結審したのが昭和十年の十一月で、公判は昭和十一年一月二十八日にはじめられた。

当初は公開裁判で、裁判官たちも皇道派に同情的な人々によって構成された。そのため審理は、林陸相による統帥権干犯はあったか、その裏に永田の陰謀はあったか、を中心に進められた。もしそれらが事実であったと認定されれば、相沢には情状酌量の余地があることになるからだ。皇道派青年将校たちも公判を傍聴し、統制派の非を鳴らす文書の作成に努めた。すなわちこの軍法会議は、皇道派にとっての新たな宣伝戦の舞台となったのである。

ところが、橋本元次官らの高官たちを証人喚問するに及んで、二月十二日以降、軍法会議は公開禁止となった。軍事機密保持がその理由だ。公判の内容に基づいた、文書による宣伝活動の道を断たれた青年将校たちは、二月二十六日、とうとう実力行動に出た。二・二六事件である。

磯部浅一、村中孝次のほか、香田清貞、栗原安秀といった、以前から相沢が親しくつき合っていた将校たちは、部下の下士官兵千四百八十三名を率いて蹶起《けっき》した。クーデターを起こし、天皇親政によって昭和維新を断行すべく、彼らは総理官邸を襲撃したほか、高橋是清《たかはしこれきよ》大蔵大臣、斎藤実《さいとうまこと》内大臣、渡辺錠太郎《わたなべじょうたろう》教育総監らを殺害して、帝都の中心部を占拠した。だが、クーデターは失敗に終わった。彼らは二十九日には下士官兵を原隊に帰し、投降している。

叛乱将校たちは、相沢と同じ代々木の陸軍衛戍《えいじゅ》刑務所に収監されたものの、相沢はしばらく、事件のことをまったく知らなかった。三月十日に面会に来た米子に二・二六事件について聞かされ、しばらく何も語ることができないほどのショックを受けている。

相沢は、若い人たちの身代わりに奸物の永田を斬ったつもりだった。しかし、二・二六事件を起こした将校たちは、「相沢さん一人を見殺しにすることはできない」と言って立ち上がったという。つまり、相沢事件は、二・二六事件の事実上の導火線であったわけだ。

叛乱将校を裁くべく、陸軍は特設軍法会議の設置を求め、内閣はただちにその緊急勅令案を起草した。それが枢密院《すうみついん》で可決され、天皇も裁可したのは三月四日の午前のことである。これにより、二・二六事件に関する被告人たちは「非公開、一審即決、弁護人なし」という条件で裁かれることに決した。

その直後の午後二時頃、天皇は本庄侍従武官長にこう述べている。

「相沢中佐に対する裁判のごとく、優柔の態度はかえって累を多くする。今度の軍法会議の裁判長、および判士には、正しく強き将校を任ずる必要があろう」

二・二六事件の混乱によって中断されていた相沢に対する公判は、四月二十二日に再開された。そのときには裁判官をはじめとする法廷メンバーは一変していた。皇道派やそのシンパは姿を消し、審理における相沢に対する温情的な雰囲気もまったく失われて、公判は急ピッチで進んでいった。そして五月七日、死刑判決が下った。

翌日、相沢は高等軍法会議に上告したが、六月三十日に棄却、死刑が確定した。五・一五事件の被告たちに対するのとはまるで違った厳しい判決が下ったのには、テロリストに同情的な世の風潮を嫌う、天皇の意向が少なからず関与していたのではあるまいか。

ちなみに二・二六事件の主立った蹶起将校たちに死刑判決が下ったのは七月五日のことであり、翌年の八月には相沢が尊敬していた北一輝や西田税にも死刑が言い渡された。

なお、夫への一審判決の後、新聞記者に今後の生活について聞かれた米子は、気丈にも、

「子供たちの養育に専念したいと思います」

と答えている。

相沢事件の最大の皮肉は、死刑執行の直前に浮き彫りとなる。

死刑二日前の七月一日、陸軍省法務官、匂坂春平《さきさかしゅんぺい》と面会したとき、相沢は床に土下座し、涙を流しながら、こう言ったという。

「相沢は大変な心得違いをしていました。永田閣下を殺したのは間違いでした。何と永田閣下にお詫びしてよいかわからない」

また、死刑前日に、仙台幼年学校の一年先輩で、満洲事変の首謀者とされる石原莞爾《いしはらかんじ》大佐と面会したが、そこでも相沢は石原の手を取り、ぼろぼろと涙をこぼしながら、

「閣下、統帥権は干犯されておりませんでした」

と言ったという。

これらは伝聞、あるいは伝聞の伝聞による話に過ぎないから、「憂国の志士、相沢中佐を貶《おと》めるデタラメだ」と信用しない向きもある。

だが、これが事実無根とは言えないと考える向きが重視するのは、そのころ、同じ刑務所に収監されていた二・二六事件の被告たちのあいだで、真崎に対する失望や憤りが広がっていたことだ。

二・二六事件の背後関係について、ここで詳しく立ち入ることはしないが、以前から

真崎は黒幕の一人と疑われてきた。真崎自身は否定しているが、少なくとも、青年将校たちのほうは、自分たちが蹶起すれば真崎が後ろ盾になってくれるものと思っていたのであり、彼らがそう思ってもおかしくない言動を真崎が行っていたことは間違いあるまい。実際、いざ青年将校たちが蹶起すると、真崎は彼らを擁護するような動きを見せている。しかし、クーデターが失敗し、将校たちが拘束されると、「自分は事件とはまったく無関係だ」と強く主張した。そのため、蹶起将校たちは、「真崎は結局、保身のために自分たちを見捨てた」と悔しがったのである。

もちろん、二・二六事件の被告たちと相沢が直接交渉を持つことはできなかっただろう。しかし、刑務所に勤務する者の中で、彼らに同情的な者や、面会人などを通じて、青年将校たちの思いが相沢に伝えられていたとしたらどうであろうか。

怪文書に記された三長官会議での会話は、当事者にしか書けないものではないか。つまり、真崎自身がリークした情報に基づいていると考えるのが自然であろう。「全身これ陰謀の固まり」である真崎が、政敵である永田の失脚と、みずからの栄達のために、統帥権干犯の話を作り上げ、発信した大本であると聞いたならば、感激居士はどう思うだろうか。

「俺もまた、真崎に騙された。あいつは政敵を倒すために、俺を捨て駒のように使った」と悲憤慷慨《ひふんこうがい》するのではあるまいか。

これらは不確かな憶測に過ぎないが、しかしもし、真崎の更迭に憤って永田を斬った男が、真崎に憤りつつ処刑されたとしたら、何たる悲劇であろうか。これぞ昭和史における最大の皮肉の一つと言わなければなるまい。

相沢が事件を起こしたことを樋口が知ったのは、福山駅で別れてから三日後、満洲国の新京（長春）にいたときである。

樋口は驚愕するとともに、くよくよと考えた。福山を発つ前に、すぐに憲兵に引っ張らせていたほうが、相沢にとっても、その家族にとってもよかったのかもしれない、と。

それからしばらくして、樋口は第三師団長、岩越恒一《いわこしつねいち》中将に進退について相談している。二年間、部下として監督していた者が大それた事件をおかした以上、自分にも責任があると思ったからだ。

「君に責任などあるものか」

岩越は笑って言った。

「話によれば、相沢は怪文書の内容を盲信して犯行に及んだそうじゃないか。一説には、あれは精神を病んどるらしい。そんなおかしな奴の責任をいちいち上官が負っておったら、帝国陸軍には人がいなくなってしまうぞ」

「相沢は他の者に比べて、それほど変わった者ではありません。ただ、偏《かたよ》った連中とばかりつき合い、偏った考えに染まってしまっただけのことです」

「偏った、危険な考えに感化されて冷静な判断ができなくなり、一つの方向に突っ走ってしまうというのは、おかしな人間ということにはならんか。そういう者の指導には限界があろう」

「閣下、お言葉を返して恐縮ですが、特定の考えを持つ者とばかりつき合い、不確かな情報や意見に感化され、感情を高ぶらせて、正しい判断ができなくなってしまう者など世にありふれています。決して一部のおかしな人間の問題ではありません。そういうありふれた者を導けない者は、上官として失格だと非難されても仕方がないと思います」

しかしいくら食い下がっても、岩越はまともにとり合ってはくれなかった。そこで樋口は、福山時代の師団長、すなわち小磯国昭《こいそくにあき》第五師団長を通じて、陸軍大臣宛ての進退伺を出した。だが、小磯も樋口に責任はないと見なし、進退伺を握り潰してしまったので、結局、樋口がこれといった処分を受けることはなかった。

相沢三郎の処刑は昭和十一年七月三日の早朝に行われた。刑場へ行く前、彼は、

「遥拝《ようはい》させていただきます」

と言って、大音声《だいおんじょう》で、

「天皇陛下、万歳」

と三度唱えている。

刑務所内にしつらえられた刑場に護送中、

「刑の執行にあたっては、目隠しをする」

との説明をうけると、相沢は色をなした。

「私にはその必要はありません。そのようなことはしないでいただきたい」

しかし、

「それでは射手が困りますので」

と説明されると、

「ああ、そうでありますか」

とすぐに納得し、おとなしくなっている。

刑場に着いてからも、従順な態度で刑架に縛りつけられ、目隠しをされて、銃弾に眉《み》間《けん》を撃ち抜かれた。死亡が確認されたのは、午前五時四分である。

遺書には〈和以ハ三郎ト一体デアリマス、御前ノ考ヘ通リ凡テ処理奉仕セヨ〉〈和以トハ米子ノコトナリ〉などと記されていた（和以はワイフのことか？）。

相沢の処刑の一週間あまり後には、同じ刑場で、二・二六事件の青年将校たちの処刑も執行された。しかしながら、背後で糸を引いていたと疑われる高官たちが罪に問われることはなかった。

総理の弔い

一

昭和十一年（一九三六）二月二十六日未明の総理大臣官邸付近は、雪に覆われていた。なにしろこの二月の帝都東京は異常な暴風雪がつづいた。四日には三十二センチ、二十三日にも三十六センチの積雪を記録して、二十六日の朝にはまだ十二センチの残雪があったのだ。しかも、また南岸低気圧が近づいており、その日も午前中から雪になることが予想された。

午前五時頃、かちかちに凍った残雪を踏みしめる軍靴の音が官邸に近づいてきた。麻布に駐屯する歩兵第一連隊の、栗原安秀中尉以下、約三百名の兵たちである。重機関銃や軽機関銃を擁した彼らは散兵線《さんぺいせん》を布き、官邸を包囲した。目当ては、総理大臣、岡田《おかだ》啓介《けいすけ》後備役《こうびえき》海軍大将を抹殺するとともに、政府の中枢を押さえることだ。

彼らが官邸への襲撃を開始すると、邸内には非常ベルが鳴り響いた。誰かがベルのボタンを押せば、警視庁にも通報される仕組みになっている。

国内の貧富の格差や、外国との軋轢《あつれき》など、国家的難題をテロリズムによって解決しようという、過激分子の行動が活発化していた時代であった。実際、昭和七年五月には総理大臣官邸も海軍の青年将校らによって襲撃され、ときの犬養毅首相が殺害されている。そのため、当局もさまざまな対策を講じていたのだ。

官邸の警備にあたる警察官の数を増やしたばかりか、「昭和の新選組」と渾名《あだな》される警視庁特別警備隊（現在の機動隊に相当）も組織した。さらに、この新選組の手にあまる場合には、麻布の歩兵第一連隊が出動する態勢も整えていた。

だが、犬養首相が殺害された、いわゆる五・一五事件のときの暴漢はたったの九名であったのに対し、今度やってきたのは三百名の兵である。予想もしない事態に、官邸正門内の警官詰所の者たちは肝を潰し、一斉に逃げてしまった。新選組も駆けつけはしたが、簡単に武装解除され、ほうほうの体《てい》で引き上げた。言うまでもなく、軍隊の救援も来るはずがない。官邸に襲いかかった連中は、当の麻布駐屯地から来たのだから。

栗原中尉に率いられた兵がとくに力を入れて攻撃したのは、官邸南側の、岡田総理が起居するいわゆる「日本間」であった。その西側に位置する玄関は「裏玄関」などとも呼ばれたが、そこへ、兵たちは機関銃の弾丸を浴びせ、さらに銃床を打ちつけて戸を壊し、邸内に土足でなだれ込んだ。

岡田総理の身辺警護にあたっていた警官たちは、正門詰所の者たちとは違って、いじらしいほどの忠誠心を示した。大挙する兵隊に拳銃で応戦し、全弾を撃ち尽くすと敵に組み付き、そして被弾し、あるいは銃剣に貫かれて斃《たお》れていった。その数、四名である。

やがて、

「中庭に誰かいるぞ」

という兵の声が響いた。

日本間南西部の中庭に、この寒空の中、寝巻き姿の男が立っている。

「岡田総理か？」

と兵が尋ねると、彼は、

「いかにも岡田である」

と答えた。

「撃て」

下士官が命じ、けたたましい銃声が響いた。十五、六発の弾丸を体に受けた男は、

「天皇陛下、万歳」

と叫んで地面に倒れた。

兵たちは、遺体を総理の寝室に運んだ。十五畳の寝室の隣は十二畳の居間になっており、その欄間に、額に入れた、岡田の肖像写真が掲げてあった。兵の一人はそれを銃剣でたたき落とすと、遺体の枕元に持ってきた。

額のガラスにはたくさんの皹《ひび》が入ってしまったが、写真の男も、射殺された男も、どちらも短い口髭をたくわえた、白髪の老人であることはわかった。

「とうとう、やった」

「総理を仕留めたぞ」

伝令が走り、栗原中尉以下、幹部たちが寝室に集まってきた。彼らもまた、肖像写真と遺体の顔を見比べて「間違いない」と言った。

栗原は、兵たちに号令する。

「気をつけっ。ただ今から岡田総理大臣の霊に対して敬礼を行う。敬礼っ」

部屋に集まった一同は足を揃え、姿勢を正した。将校は挙手し、下士官兵は捧銃した。

蹶起《けつき》した軍隊は、彼らだけではなかった。野中四郎《のなかしろう》大尉、香田清貞大尉、安藤輝三《あんどうてるぞう》大尉、磯部浅一一等主計らの皇道派の青年将校たちが、近衛歩兵第三連隊、歩兵第一連隊、同第三連隊、野戦重砲兵第七連隊などの約千五百人の兵を動かして、総理大臣官邸のほか警視庁、内務大臣私邸、陸軍大臣官邸といった国家の中枢を襲い、占拠したのだ。そして、重臣たちを次々に血祭りに上げていった。前内大臣の牧野伸顕《まきののぶあき》は辛くも逃げたものの、事件直後には、岡田総理のほか、斎藤実内大臣、高橋是清大蔵大臣、渡辺錠太郎陸軍教育総監が即死し、鈴木貫太郎《すずきかんたろう》侍従長が瀕死の重体に陥ったと伝えられた。いわゆる二・二六事件のはじまりである。

この将校たちは、君側《くんそく》の奸《かん》である重臣たちを誅殺した後、天皇親政のもと、国家の大改革、すなわち「昭和維新」を行うことを標榜していた。

二

憲兵司令部内に置かれた麴町憲兵分隊では、二十六日早朝から電話対応に追われていた。憲兵は軍内部を取り締まる警察であるから、軍人が引き起こしたこの大事件に何とか対処してもらいたいとの要請が、各方面からもたらされていたのだ。

分隊長室での打ち合わせから戻ってきた小坂慶助《こさかけいすけ》憲兵が、がに股に、軍靴の踵をがつがつと床に打ちつけながら特高室に入ったときも、電話はやかましく鳴っていた。

「班長、総理大臣官邸の福田《ふくだ》秘書官からです」

部下から電話を回された小坂は、

またあいつか――

と思った。

「一国の総理大臣の遺骸があるというのに、憲兵が手をこまねいているなんて、おかしいじゃないですか」

福田耕《たがやす》秘書官は、こちらの耳がおかしくなるのではないかという大声でわめく。

「まわり中、兵隊だらけで、こっちは官舎に閉じこめられたような状態で、身動きが取れんのです。ですから繰り返し、憲兵を派遣してもらいたいと――」

「お気持ちはわかります。しかし、何度も申しておりますがね、永田町一帯は部隊に占拠されていて、憲兵も近づくことができないのです」

「これは兵隊がやったことではないか。それを、憲兵以外の誰が取り締まると言うんだ」

「現在、指揮官たちへの説得に努めているところでありまして……」

小坂はいろいろと弁解に努めたが、やがて福田は、

「まったく、だらしがないものだ」

と言い捨てて、電話を切ってしまった。

「畜生。俺だって、連中を片っ端から捕まえてやりたいよ」

それまで低姿勢に話していた小坂も、荒い言葉を洩らした。

明治三十三年（一九〇〇）に東京に生まれ、大正十一年（一九二二）に憲兵を拝命した翌年から特高に所属する小坂は、三十代半ばになったいままでは、特高班長を務めていた。特高とは特別高等警察のことで、国家体制の転覆をはかるような、過激分子を取り締まる部門である。つまり、今度のような、「昭和維新」なるものを目論む軍人を取り締まるのが彼の主たる任務であったのだ。

このような大事件が起きたこと自体、特高の者にとっては失態と言ってよく、小坂は名誉挽回のためにも、誰よりも事態の収拾のために走り回りたいと思っていた。しかしそれを、上官が許さないのだ。

もちろん、これだけの兵力で国家の中枢部を占拠されては、簡単に手を出せないこと

は確かだ。だが、小坂の見るところ、軍の上層部がなかなか積極的な態度を取れない真の理由は、他にあるように思われた。蹶起した者たちを叛乱者と見なすべきか、国を救うために立ち上がった忠勇の者と見なすべきかについて、高官たちのうちに対立があり、陸軍全体としての明確な方針を打ち出せないのではないか、と。

いずれにせよ、小坂としては分隊において待機するよりほかはなかった。はやる気持ちを抑え、悶々と電話対応などをするうち、篠田《しのだ》という上等兵が帰ってきた。午後二時頃のことである。

「官邸から帰ってきました」

まだあどけなさの残る顔で、篠田は誇らしげに言う。

陸軍省にいた憲兵のうち、何人かが叛乱軍に占拠された総理官邸内に入り込んだということは、小坂も報告を受けていた。

「それで、どんな様子だった？」

篠田は周囲に目をやると、声を低め、

「班長殿、ちょっと」

とだけ言った。

分隊長室へ行くつもりのようだが、小坂にもついて来てもらいたいらしい。小坂はうなずいて、立ち上がった。

麴町分隊の分隊長、森健太郎《もりけんたろう》少佐の部屋にともに入ると、篠田は、森と小坂を等分に見ながら言った。

「岡田総理大臣は生きておられます」

小坂も森も、ぎょっとせざるを得ない。すでに政府は、岡田総理は即死したと発表していたし、宮中では後藤文夫《ごとうふみお》内務大臣が総理大臣臨時代理に任じられていたのだ。

「何かの間違いではないのか？」

小坂が質すと、篠田は反発をにじませる。

「間違いありません。この目で見たのです」

こんどは、森が尋ねる。

「総理はどうしているのか？」

「女中部屋の押し入れに隠れておられます」

篠田は官邸内の状況を話した。すなわち、内部を偵察するうちに、女中部屋に女中が二人残っているのを発見したので、「早く避難しなさい」と説いたが、二人は泣くばかりで押し入れの前から動こうとしない。おかしいと思って押し入れに駆け寄り、襖を開けてみると、岡田が和服姿で座っていたというのだ。

「お前は岡田総理の顔を知っているのか？」

小坂の問いに、篠田はきっとした目つきで胸を張った。

「東京駅や靖国神社の警戒任務の際、何度も見ています」

そこで森が、篠田をなだめるように話を引き取った。

「よし、わかった。お前の言うことに間違いはあるまい。だが、この問題は重大であるから、我々三人以外には洩らすな。処置は十分に検討した上で決めねばならん。わかったな」

「はっ」

篠田と小坂とが揃って返事をすると、森は安心したようにうなずいた。

「篠田、ご苦労であったな。帰ってよいぞ。少し休養せよ」

「篠田、帰ります」

森と二人きりになった小坂は、さっそく尋ねた。

「何とか総理を救い出す手段はないものでしょうか？」

「まず無理だな」

ずいぶんと素っ気ない言い方をするものだ、と小坂は驚く。

「しかし、分隊長殿はさきほど、処置は十分に検討した上でお決めになるとおっしゃっていたではありませんか」

「いいか小坂、これはうっかり本部にも報告できない。もし生存が間違いであったら笑いものになる」

「でも、事実だったらどうします。篠田は自信を持っている様子です」

「事実としても、憲兵将校の中にも叛乱軍に味方している者もいるはずだ。叛乱軍側に内通されてしまえば、せっかく生きている総理を殺す結果になりかねんぞ」

「では――」

「篠田の報告は、聞かなかったこととして黙殺するよりほかに道はないな」

小坂は強い反発をおぼえた。憲兵を拝命したばかりの若い篠田が、命がけで叛軍が支配する官邸内に入り、またそこから脱出して報告したことを、簡単に「黙殺する」などとよく言えたものだ、と思ったのだ。

森も小坂の穏やかでない心中を察したのか、いかにも自分は理解のある上官だというような笑顔を作った。

「君の気持ちは、憲兵としてよしとすべきものだ。私だって、総理が生きておられるならば、ぜひ救出に行きたい。しかし、三百名の叛乱軍に包囲されている官邸にどうやって入るのかね？　入れたとしても、総理を外部に連れ出すなどということは不可能だ。この上、犠牲者を増やすだけじゃないか。ここは自重しなければならないよ」

小坂は、自分と年齢があまり変わらないこの上官の笑顔を、好きになれなかったが、軍人は上官の指示には従わなくてはならない。

「わかりました」

小坂は踵を打ち鳴らしながら、特高室へ引き上げた。

はなかった。二人の総理大臣秘書官もまた、二十六日の午前中に、官邸内に入ることを許されている。

一人は、憲兵分隊に何度も電話をかけていた、四十代後半の福田耕だった。岡田総理と同じく福井県出身の彼は、二月二十日に行われた第十九回衆議院議員総選挙で、初当選を果たしていた。もう一人は、岡田総理の娘婿で、三十代の迫水久常《さこみずひさつね》だ。

彼らは蹶起軍の将校から、

「まことにお気の毒ですが、国家のため総理大臣のお命を頂戴いたしました」

との報告を受けたあとも、麴町憲兵分隊に次のように要請している。

「総理のご遺骸に、香華《こうげ》だけでも供えたいのです。秘書官が官邸内に入れるよう、そちらからも占領部隊の指揮官に交渉してもらえませんか?」

けれどもやはり、

「官邸内に紛れ込んでいる憲兵がいるようですから、その者たちと連絡を取りつつ、そっちで勝手に交渉してください」

とつっぱねられた。

三

蹶起軍に占拠された総理大臣官邸の内部を、比較的早い段階で見たのは、憲兵だけでそこで、官邸玄関から憲兵が出てくるのを待ってつかまえ、一緒に交渉してもらい、ようやく午前九時頃になって「総理の遺骸の検分を許す」との許可を得た。待ち受けていた一人の中尉と、剣付銃を持った数人の兵たちに囲まれるようにして、二人は奥へ案内され、遺骸が安置された畳敷きの寝室に入った。遺骸には、顔の上まで布団が掛けられていた。

焼香後、福田はその布団を持ち上げた。秘書官二人は、同時に息を呑む。

違う――。

横たわっていたのは岡田ではなく、彼の義弟（妹の夫）、松尾伝蔵《まつおでんぞう》陸軍退役大佐だった。「内閣嘱託」という形で総理秘書を務め、官邸に起居していた人物である。岡田も松尾も口髭を生やした六十代の男だが、いつも間近に接している福田と迫水にとっては、あきらかな別人だった。

けれども、焼香を終えた二人は、付添の中尉に、

「岡田閣下のご遺骸に間違いありませんね？」

と問われたとき、ハンカチを目に押し当てながら、

「間違いありません」

と答えている。

蹶起軍の者たちが松尾の亡骸《なきがら》を岡田のものと信じきっているとするならば、岡田自身は殺されることなく、官邸内のどこかに隠れている可能性がある。そのように、とっさ

に判断したからだ。

「ところで、女中が二人いたはずですが、いまどうしていますか？」

迫水が尋ねると、中尉は困惑顔になった。

「女中さんなら、あちらの部屋にいますよ。『もうここには用はないから、早く引き取るように』と言っているんだが、『総理のご遺骸があるのに、そばを離れるわけにはいきません』などと言って、居座っています」

「ちょっと会いたいので、案内していただけないでしょうか」

中尉の指示を受けて、兵たちが迫水と福田を、台所近くの女中部屋に案内してくれた。襖を開けると、そこは八畳の部屋で、たしかに女中二人がいた。岡田家で長らく奉公してきた二十九歳の秋本《あきもと》さくと、最近、行儀見習いもかねて勤めるようになった二十歳の府川《ふかわ》きぬえだった。二人は押し入れの前に、襖に張りつくように座っていた。気心の知れた秘書官たちに会えたのだから、さくもきぬえも、少しは安堵《あんど》した様子になってもおかしくないはずだ。ところが、二人の肩には力が入っている。

ひょっとして、総理は押し入れにいるのか――

と迫水は思ったものの、部屋の入口に兵らが立ってこちらを監視しているから、そう尋ねるわけにもゆかない。そこで、

「怪我はなかったかい？」

とだけ言った。

するとと年長のさくが答えた。

「お怪我はございません」

迫水と福田は、ちらりと視線を合わせた。さくが自分自身のことについて「お怪我」などと言うはずがない。

やはり——。

幸いなことに、監視の兵たちは、さくの言葉に反応しなかった。

「あとで迎えに来るから、しっかりしていてくれよ」

と女中たちに言うと、迫水は福田に目配せをして、部屋から出た。

「総理の最期の様子をお聞かせください」

などと話しかけながら、迫水はついてきた兵たちといっしょに歩き、女中部屋を離れる。その間に、福田が押し入れの襖を開けると、はたして岡田が座っていた。すなわち、秘書官たちもまた、岡田が生存していることを確認したのである。

岡田が助かったことは、ほとんど奇跡と言っていい。

蹶起軍が襲ってきて、官邸の非常ベルが鳴ったとき、岡田は松尾や、護衛の巡査たちにうながされて、まずは五・一五事件後に東側の庭の先に設けられた、秘密トンネルに向かおうとした。それは溜池方面に抜けられるようになっていたが、廊下の東南隅にある非常口を抜け、庭に出たところ、すでに兵隊が散兵線を布いて待ちかまえていたため、すぐに屋内に戻った。すると、裏玄関から兵隊が入ってきた。

裏玄関から南へ進むと、西方に折れ曲がって二本の廊下が伸びていた。廊下と廊下のあいだには、ガラス障子を隔てて三坪ほどの中庭があり、西奥の浴室や調理場をめぐって、一周できるようになっている。岡田たちは、兵隊の捜索をかわしながら、そこをぐるりと回ったが、やがて、巡査たちは岡田を風呂場に押し込んだ。

巡査の一人は風呂場の脇の洗面所から大きな椅子を持ちだし、廊下にバリケードのようなものを築いた。そこへ、将校と、五、六人の兵隊がやってきた。

廊下で撃ち合いがはじまり、廊下の巡査はたちまちに撃たれ、しかも将校の軍刀で切り倒された。

敵が風呂場のガラス戸に手をかけたとき、岡田のそばにいた巡査が拳銃を放った。ガラス戸が割れ、敵は後退する。巡査は浴室から半身を出して拳銃を撃ちつづけたが、弾数は八発のみであるから、すぐに撃ち尽くしてしまった。血塗られた軍刀を手にした若い将校が浴室に入ってきたとき、巡査はそばの椅子を振り上げ、放ると、将校に飛びついた。奮戦したものの、最後は兵の銃剣に背中を貫かれ、おのれの血潮の上にうつぶした。

巡査たちを血祭りにあげた敵の荒い息が間近に聞こえる。風呂場の隅に隠れていた岡田は、おのれの運命は極まったと思った。

そのとき、寝室の方で、

「総理を仕留めたぞ」

という声が湧いた。

銃殺した松尾大佐を岡田と勘違いした歓声であった。それに誘われ、将校と兵らは風呂場から去っていった。

九死に一生を得た岡田は、人気《ひとけ》がなくなったのを確認してから、風呂場を出た。そして廊下を歩いていたところ、女中たちにばったりと出会い、女中部屋の押し入れにかくまわれることになったのである。


総理が生きていることを知った秘書官たちは、官邸を出たあと、迫水の官舎で救出策について話し合った。だが、警視庁が占拠されている上に、憲兵隊も動いてくれないとなれば策の立てようがない。困り果てているところへ、宮内省から電話がかかってきた。

「天皇陛下におかせられては、岡田総理に勅使を差し遣わされる思し召しでありますが、官邸にて勅使を受けられるのと、私邸にて受けられるのとどちらがご都合がよろしいか？」

もちろん、弔意をあらわすための使いを差遣《さけん》しようという意味である。すでに高橋大蔵大臣の私邸には、勅使が差遣されたということであった。

電話に出た迫水は、宮中に対して嘘をつくのは畏れ多いと思ったが、通話が盗聴されている可能性を考えると、首相が生きている事実は告げられなかった。

「ただいま総理の遺骸は官邸にございますが、軍隊に占領されておりますので、勅使をお受けすることはとてもできないと思います。また、私邸ともうまく連絡が取れませんので、お受けする準備はできません。畏れ多いことではございますが、しばらくのご猶予をお願い申し上げます」

やましい気持ちで電話を切ったあと、迫水は福田に言った。

「天皇陛下には岡田総理が生きていることをお知らせしなければなりません。私が至急に宮城へ行ってまいります」

福田もこれを了承した。

道中どのような困難が待ち受けているかわからないから、迫水はモーニングのベストの下に防弾チョッキを着込んだ。すでに大雪が降り出していたから、その上に外套を着て、傘を差し、官邸の正門へ行く。番兵に、指揮官に会いたい、と申し入れ、官邸占拠部隊の隊長、栗原中尉と面会した。

「葬式について打ち合わせをしたいので、角筈《つのはず》の総理のご自宅にゆきたい。安全に包囲圏の外に出してほしいのですが」

栗原ははじめ、打ち合わせなどは電話でできないのか、急ぐ必要はないのではないか、などと渋っていたが、迫水が粘ると、結局は許可してくれた。

「総理は武人として、立派なご最期を遂げられました。自分らには私怨などなく、国家のためにやむを得ずなしたことでした。そのように、遺族にはお伝えください」

栗原はそう言うと、そばにいた下士官に命じた。

「誰かをつけて、この方を警戒線の外へ出してさしあげよ」

一人の兵に付き添われ、迫水は官邸のわきの坂道を降りていった。溜池の電車通りまで来て兵とわかれると、尾行されていないか気にしながら虎ノ門付近まで歩き、タクシーを拾った。宮城に向かう。そしてその日、唯一開いていた平川門で車を降り、雪を踏んで宮内省へと急いだ。

宮内省に入ると、迫水は閣僚や軍の高官たち、およびその副官らを何人も見かけた。永田町の中心部は蹶起軍に占拠されてしまったから、政府や軍の機能は宮中に移されていたのだ。

応接室で面会した湯浅倉平《ゆあさくらへい》宮内大臣は、沈痛な面持ちだった。

「このたびの総理のこと、まことにお気の毒なことで――」

「いや、総理はご存命です」

「え……」

迫水は説明した。岡田は女中部屋の押し入れに隠れており、身代わりに死んだのは義弟の松尾大佐である。そのことに、蹶起軍の者たちは気づいていないが、まずは一刻も早く、総理存命のよしを陛下にお知らせしなければならないと思ってここまで来たのだ、と。

「ちょっと待っていてくれ。すぐにお上のお耳に入れねばならん」

湯浅は卓上のペンや煙草入れなどをがたがたと揺らし、椅子を倒さんばかりの勢いで立ち上がると、応接室を出ていった。

しばらくして帰ってきた湯浅は、笑顔で言った。

「総理のことを申し上げたら、陛下は『それはよかった』と、非常にお喜びになられたよ。それからね、『岡田を一刻も早く安全なところへ救い出すように』と仰せられた」

「そのことなのですが……さきほど、橋本近衛師団長のお姿をお見かけしたのですが」

近衛師団長の橋本虎之助中将は、陸軍次官を務めていたこともあり、迫水もよく知っていた。正義感の強い、信頼できる人物だから、彼ならば総理が生きていることを伝え、協力を仰げると思った。

「総理の遺骸を引き取る際、柩を警衛するという名目で近衛師団の兵たちを、官邸の日本間に入れてもらってはどうかと思うのです。蹶起軍の兵たちを日本間から遠ざけ、近衛師団の兵で取り囲むようにすれば、総理を助けられるのではないでしょうか？」

ところが、湯浅は首を傾げた。

「近衛師団長も独断では措置が取れないでしょう。きっと上のほうに指揮を求めると思うがね――」

と言って、軍の幹部が集合している部屋の方向へ、湯浅は目をやった。

「あそこにいる将軍たちは、いったいどちらを向いているのかわからない。だから、近衛師団長に話を持ちかけるのは、非常に危険ではないだろうか」

湯浅が「どちらを向いているかわからない」と言ったのは、軍の幹部のうちにも、蹶起軍に心を寄せている者が多くいるということだろう。

青年将校の蹶起の背景には、陸軍のトップまでも巻き込んだ、統制派と皇道派との派閥争いがあることは間違いなかった。権力闘争は、当初は皇道派が優勢であったが、次第に覇権は統制派に移っていった。蹶起した皇道派の青年将校たちは、巻き返しをはかるために大胆な行動に出たのだろうが、高官の中には、彼らの計画に直接関与している者もいるかもしれないし、計画そのものについては今日まで知らなかったとしても、これをきっかけに自派の勢力拡大をはかろうとする者もいることだろう。

よって、湯浅の案ずるように、将軍たちが表向き、どのようなことを言っていようとも、その本心のほどは容易にはわからなかった。誰かに岡田総理の救出を依頼したところ、それがきっかけで彼を死なせることにもなりかねないわけだ。

湯浅に諭された迫水は、近衛師団に協力を仰ぐことはあきらめた。失意のまま応接室を出たが、しばらくして、海軍大臣の大角岑生《おおすみみねお》大将がやってきたのを見た。

海軍内にも当時、派閥対立があった。昭和五年にアメリカ、イギリスとのあいだで締結した、ロンドン海軍軍縮条約を支持する「条約派」と、その条約による兵力制限に不満を持ち、日本の海軍力をアメリカに対抗し得るレベルにまで高めるべきだと考える「艦隊派」との対立である。同条約は、他の国事から独立すべき統帥事項にかかわる兵力量を、政府が独断で決めたとして、いわゆる「統帥権干犯問題」を引き起こしたが、その中、大角は条約派を次々と予備役に追いやり、艦隊派を要職に登用する人事を行ったことで知られた。

皇道派の将校たちは、この軍縮条約締結とともに、教育総監が、皇道派の首領格であった真崎甚三郎から渡辺錠太郎に交替したことをもって、二度の「統帥権干犯」と呼んでいた。この更迭は、天皇を頂点とした統帥系統に、奸賊が不当に介入した結果であると主張したのだ。そのことは、蹶起軍の将校たちが川島義之《かわしまよしゆき》陸軍大臣に提出した「蹶起趣意書」にも記されている。

その意味では海軍の大角もまた、叛軍の将校たちに同情的である可能性もある、と迫水は思った。けれども、大角は陸軍の派閥対立には直接は関係していないはずであるし、海軍長老の岡田総理が生きていることを知れば、積極的に救出しようとするのではなかろうか、とも思う。

迷った末、迫水は賭けに出た。大角に近づき、こう頼んでみたのだ。

「総理大臣の遺骸を何とかして引き取りたいと思います。海軍の先輩でもありますので、警戒のため、海軍陸戦隊を官邸に入れていただきたいのですが」

海軍陸戦隊とは、海軍が擁する陸上戦闘隊である。日ごろは艦隊勤務などを行いながら、陸軍の歩兵と同様の訓練も受けており、必要に応じて陸上での戦闘や警備にあたる。この陸戦隊に日本間を固めてもらえれば、岡田を救出できるかもしれない。

ところが、大角は即座に拒否した。

「とんでもない。そんなことをして、陸軍と海軍との戦争になったらどうするのだ」

迫水は意を決した。海軍陸戦隊を動かすことを大角に真剣に検討してもらうためには、もはや事実を伝えるしかないだろう。

「これから、閣下に重大なことを申し上げますが、ご承知くださらない場合には聞かなかったものとして、全部忘れていただきたい」

「どうしたんだ、急にあらたまって……」

「実は、総理はご存命です」

「なにっ」

「日本間の一室に隠れておられるのです。陛下もそのことはご存知であり、総理を一刻も早く安全なところへ救出せよと仰せられています。ですから閣下に、陸戦隊の出動をぜひお願いしたいのです」

小ぶりの目を真ん丸にして聞いていた大角だったが、やがて視線をはずした。

「君、すまんが、僕はこの話は聞かなかったことにしておくよ」

それだけ言うと、さっさと迫水のそばから立ち去ってしまった。

いったい、何のために軍服を着ているのだ。何のために海軍大臣の職にあるのだ。こうしているあいだにも、総理は叛乱軍に発見され、殺されてしまうかもしれないというのに――。

迫水は腹のうちで悪態をつきつつも、大角の後ろ姿を、拳を握りしめて見送るよりほかはなかった。

四

憲兵司令部内の麴町憲兵分隊は、にわかに騒然とし出した。雪の降る、うんざりするほど寒い午後だというのに、窓を開けて表を見ている者が何人もいる。

「何かあったのか？」

便所から帰ってきた小坂曹長が尋ねると、窓の外を見ていた一人の軍曹が振り返った。

「叛乱軍の指揮官が、憲兵司令部に乗り込んでくるそうです」

なんのことだかわからず、小坂が反応できずにいると、軍曹はまったく信じられないことだと言いたげにつづけた。

「軍事参議官と面会するんだそうですよ」

軍事参議官とは、軍事上の問題についての、天皇の最高顧問と言える存在だ。叛乱軍の香田大尉、村中大尉、磯部元一等主計は司令部において、その参議官の荒木貞夫大将や真崎甚三郎大将らと会談するというのである。ちなみに、荒木や真崎は皇道派の中心的人物だ。

やがて、窓に集まる連中が、来た、来やがった、とわめき出した。小坂も靴音を響かせて、窓のそばへ行く。

一台の自動車が、司令部玄関の車寄せにやってきて停まったのが見えた。ドアが開いて、軍服姿の香田、村中、磯部が降り、悠々と玄関に入っていく。それを、玄関に立哨していた二名の憲兵が、剣付銃を捧げて迎えた。

「馬鹿野郎。叛軍の将校に敬礼する奴があるか。あれは皇軍ではないぞ」

窓外に叫んだのは、小坂のそばにいた下士官だった。

小坂もまったく同感であった。常日頃、軍人は、統帥の確立、軍紀の振作、団結の強化などをたたき込まれている。ところが、命令もなく、勝手に兵を動かし、首相官邸をはじめ国家の中枢機関を占領して、重臣たちを虐殺した連中が、捕えられるどころか、敬礼をもって憲兵司令部に迎えられ、軍事参議官と堂々と面会するなどということがあるものだろうか。小坂は腹が立って仕方がなかった。

そこへ、青柳という軍曹が帰ってきた。彼もまた、事件発生直後に、篠田上等兵らとともに首相官邸に入り込んだ一人だった。

「班長、ご報告申し上げます」

青柳は、総理の遺骸がどこに安置されているかなど、官邸内の様子について報告した。その話を聞くかぎり、彼も日本間の遺骸が岡田総理のものと信じ込んでいる様子である。

報告を聞き終えるや、小坂は言った。

「暑いな」

窓外の、真っ白な景色を背にして立つ青柳は驚いた顔になった。彼の軍靴も、融雪で汚れている。しかし、小坂は体に火照りを感じて仕方がなくなった。

「ちょっと来てくれ」

小坂は立ち上がる。ほかに、かたわらの小倉伍長にも声を掛け、特高室を出た。青柳、小倉とともに取調室に入ると、ドアを閉める。

長野県出身の青柳は、剣道三段、柔道二段の腕前だった。五・一五事件の時には首相官邸に一番乗りしたというのが評判の男である。新潟県出身の小倉も、剣道二段、柔道二段という腕っ節自慢だ。どちらも、小坂が最も信頼する部下だった。

「二人に相談がある」

小坂があらたまって言うと、二人とも緊張した面持ちになった。

「青柳、お前は岡田総理が生きていることを知っているか？」

「なんですって、曹長殿」

「さきほど、篠田上等兵が帰ってきて報告したんだ。官邸の女中部屋で、総理が隠れているのを見たと」

「篠田は間違いなく確認したのですか？」

「本人は、間違いないと言っている。総理の顔は、これまでにも何度も見ている、とな」

青柳と小倉がまだ驚きに浸っているうちに、小坂はつづけた。

「しかしだ、分隊長殿は篠田の報告を黙殺しようとしている」

「事なかれ主義ってやつですか、陸士出の」

青柳が反発心むき出しに言った。将校養成学校である陸士（陸軍士官学校）を卒業した者と、下士官以下とでは、陸軍内において厳然たる身分の差がある。青柳の言い草に、一番若い小倉もにやにや笑っていた。

二人の反応を見て、小坂も鼻で笑った。

「上官の命令は天皇陛下のご命令だと教えられてきた以上、俺もおとなしくしているつもりだったが、やはりどうにも納得がいかない。陛下のご命令もなく軍隊を動かして、重臣たちを何人も殺した奴らが褒められ、そのいっぽうで、陛下がご親任になった宰相が窮地に陥っているのに、憲兵が救い出そうともしないなんて」

青柳と小倉も、その通りだ、と言いたげにうなずいている。

「そこでだ、俺も一つ叛乱をやらかすことにした。岡田総理を救い出すために、官邸に乗り込もうと思っているんだ。だが、一人では到底できないだろう。相談というのは、ここにいる三人で、一緒にやるわけにはいかないだろうか、ということなんだ。もし賛同を得られない場合には、この話は聞かなかったことにしてもらいたいんだが……」

するると青柳も小倉も、即座に言った。

「その叛乱、私にも加わらせてください」

「私も行きます」

二人とも、あまりに簡単に考えすぎていやしないか、と小坂のほうが心配になってきた。

「ありがとう……しかし、これは命がけの仕事だぞ」

青柳がむきになって反論してきた。

「兵隊が死を恐れてどうします？　正しいと思うことに体を張らなくてどうします？」

「それはそうだが、君らの将来にもかかわることだ」

「我々下士官は、上に褒められようが、にらまれようが、大して出世なんてしやしないじゃないですか」

横で聞いていた小倉も、黙ってはいたが、青柳の言う通りだとばかりに歯を見せた。

「よし、わかった。やろうじゃないか」

小坂は青柳と小倉とに、叛乱軍の警戒線の状態を偵察するよう命じた。首相官邸に入りやすいルートを探るためだ。

夕方頃に、一同はふたたび集まり協議した。どこも非常に警戒が厳重であるが、唯一可能性があるのは、三宅坂から、占拠されていない陸軍省へ行き、そこから総理官邸への進入路を探る方法であるとの結論に達する。さらに、夜間はかえって警戒が厳しくなるから、決行は明日の朝にしようということも決まった。その夜、三人は司令部に泊まった。

五

翌二十七日、小坂は午前五時に起き、青柳、小倉とともに朝飯を食べたあと、司令部を出発した。

肌を切り裂くような寒風が吹きつける中、小坂は他の二人を引き連れ、がに股に雪を蹴りつつ、竹橋から代官町、英国大使館前を経て、半蔵門へと向かう。途中、「陸軍大臣官邸の勤務の交替だ」などと歩哨たちに言いながら、蹶起軍の陣地を越えようとしたが、通してくれるところもあれば通してくれないところもあり、なかなかに苦労をした。半蔵門は通過したものの、三宅坂で遮られ、市電沿いに日比谷方面に向かった。木柵を乗り越えて参謀本部の構内に入ると、そこからドイツ大使館前の歩哨線に出て、若い伍長に声を掛ける。

「寒いのにご苦労ですね。首相官邸で亡くなられた岡田総理大臣のところへ勅使が遣わされることになったので、我々はその警衛のため、首相官邸に行くところです。これは官邸におられる栗原中尉殿もご承知のことです。ここを通ってもかまいませんか？」

でたらめを言ってみたが、伍長は、

「ご苦労様です。どうぞ、お通りください」

と、すんなり通してくれた。

ドイツ大使館前を通れば、左には帝国議会議事堂と外相官邸、右には農相官邸につづいて議会記者倶楽部と首相官邸が見えてくる。

「よし、やったな」

「ここまで来れば、もう入ったも同然です」

三人は口々に言い合ったが、総理大臣官邸の正門前へ来てみると、歩哨が立っているほか、機関銃が路上に据えつけられ、散兵線が布かれている。これにはぞっとせざるを得なかった。

門へと近づいていくと、銃を持った兵士たちの鋭い視線を浴び、緊張感はいっそう高まった。小坂は、重機関銃のかたわらにいた軍曹に言った。

「麴町憲兵分隊の小坂曹長ほか二名です。栗原中尉殿に面会したいのですが、取り次いでください」

「ちょっと待て」

軍曹は、一人の兵に、奥へ伝令に立つように命じた。しばらくして帰ってきた伝令は、こう言った。

「栗原中尉殿はただいまお留守であります。林少尉殿が、『お帰りになるまで待ってもらえ』とのことです」

「わかりました。それではお帰りになるまで、そこの警官詰所で待たせてください」

「どうぞ」

こうして、小坂たち三名は正門内の左側にあるレンガ造りの詰所に入った。すでに午前九時四十分になっていた。

内部は、表に面した見張所と、奥の畳敷きの仮眠所からなる十二、三坪ほどの広さであったが、五、六脚の椅子はすべてひっくりかえっており、床には制帽や佩剣《はいけん》ばかりか、コルト式拳銃まで落ちていた。拾い上げて調べたところ、実包が八発装塡してあるものの、一発も撃っていない。

表道路に面した硝子張りの窓は、内側から外へ骨が折れて破れていた。誰かが体当りをして、外へ逃げたのだろう。ここにいた巡査たちが、軍隊がやってきたのを見て、いかに周章狼狽したかがうかがわれた。

小坂は何かに使えるかもしれないと思って、落ちていた拳銃を軍袴《ぐんこ》の物入れにしまった。

一時間ほど待った後、栗原が帰ってきたらしいことがわかり、小坂は再度、面会を要請した。やがて伝令の案内で、玄関車寄せから官邸内に入った。

受付の前に据えられた火鉢のまわりに椅子を並べ、三人の将校が座っていた。中央に座っている中尉が栗原と思われた。その左右は少尉である。周囲には、空の一升瓶が四、五本と、湯呑み茶碗が散乱していた。

小坂ははじめて栗原という男を見たが、丸顔の、紅顔の青年であり、とてもこのような大胆な行動に加わるとは思えなかった。

「麴町憲兵分隊の小坂曹長です」

「いまさら憲兵になど用はないが、何だ？」

「岡田総理の遺骸に対し、勅使がご差遣になりますので、その準備のためにまいりました」

天皇親政によって昭和維新を成し遂げようとする皇道派の将校には、勅使の話を持ち出せば説得力があるだろうと思ったのだが、栗原には通用しなかった。

「ここは我々の本部である。勅使は私邸の方で受けるように帰って伝えろ」

ほかの嘘をつけばよかった、と小坂は後悔したが、もはや「勅使」の話で押し通すしかない。

「しかし、ご差遣になるということですから、それまで官邸で待たせていただきます」

「憲兵など、ここにいる必要はない。帰れ」

背の高い、肥満漢の少尉も怒鳴った。小坂が言い返す言葉を失っていると、にわかに栗原が高笑いを発した。

「どうだ憲兵、今度は完全に裏をかかれたな。憲兵隊長は地団駄を踏んで悔しがっているだろう」

小坂はむかついたが、しかし、相手をおだててでも、官邸の奥に入ることが先決だ。

「本当に面食らいました。憲兵も、何かやるな、ということまではわかっていたのですが、こんなに早く実行されるとは思っていませんでした……しかし、ここまで来た以上は、どうか大いにがんばってください」

　まるで、自分も蹶起した将校たちに同情を寄せているかのように言ってやると、まだ任官したてといった感じの、若々しい、小柄な少尉が嬉しそうに言った。

「憲兵曹長、お前はなかなか話せるな」

　好機到来と思い、小坂は再度、栗原に持ちかけた。

「中尉殿、いかがでしょう。官邸にはまだ若い女もおりますし、またいろいろと貴重品もあります。数多い兵の中には、ちょっとした出来心で間違いを起こす者がいないともかぎりません。せっかくの行動に汚点でも残すようなことがあるといけませんから、この点だけは私たち憲兵にお任せいただけないでしょうか。それに、斎藤内大臣、高橋大蔵大臣の両家では、すでに勅使のご差遣も済み、今日、明日のうちにも遺骸を荼毘《だび》に付すとのことです。岡田総理の遺骸の引き取りのこともありますので、どうか我々が官邸内に入ることをお許しいただけませんか」

　栗原は怒声をあげた。

「憲兵、我らと行動を共にした兵の中に不心得者など一人もいない」

　小坂は、しまった、と思った。だが、栗原はこうつづけた。

「しかし、第二点については同感だ。岡田総理に対しては、我々には何の私怨もなく、礼は尽くすつもりでいる。次の条件を厳守するならば、官邸に入ることを許す」

　栗原があげた条件は、下士官兵にみだりに話しかけぬこと、外部と連絡を取らぬこと、行動は官邸の内部にかぎること、それ以外については将校の許可を得てから行うこと、の四つであった。

「承知しました。ご命令は厳守いたします」

小坂が敬礼をすると、大兵《だいひょう》の少尉が言った。

「憲兵の敬礼が一番悪いぞ」

「これはどうも、恐れ入りました」

小坂は畏《かしこ》まって見せてから、青柳、小倉とともに赤絨毯《じゅうたん》を踏んで、官邸の表広間に入った。腹のうちでは、

何を、偉そうに。この野郎——

と思っている。

内部はどこもかしこも、雪道を歩いてきた軍靴に踏みにじられて、泥だらけだった。

正面階段の脇にある官邸記者倶楽部の部屋には、兵隊たちが大勢たむろしている。

奥へ進みながら、小坂は小声で他の二人に指示を与えた。青柳には、歩哨の配置や交替時間など、官邸内の警戒状況を調べるように言い、小倉には、裏門の警備の様子を探るように言った。小坂自身は日本間へと向かう。

裏玄関へいたると、機関銃の弾丸を無数に撃ち込まれ、破壊された戸があった。それを通り過ぎると、広い畳廊下になっている。中庭の手前で、右方へと曲がる四尺（約一・二メートル）の畳廊下を進み、女中部屋の前に来た。

周囲に目をやったが人の気配はない。襖を開け、一気に部屋の中に入ると、後ろ手に閉めた。

軍服姿の男が飛び込んできたのを見て、二人の女中は目をむいている。

「私は憲兵だ。心配することはない」

小坂は押し入れに迫り、襖を開けた。

下段に、敷布団が二つ折りにして敷かれてあり、その上に羽織袴を着た老人が座っていた。岡田総理だった。

「閣下、憲兵です。救出に参りましたので、もうしばらくご辛抱ください」

岡田は窶《やつ》れきった表情をしていた。髭も伸び、乱れている。しかしながら、うなずいたときには安堵の笑みを浮かべた。

そっと襖を閉めると、小坂は、泣き顔の女中たちに、

「もう少しですから、がんばってください」

と言い残して、部屋を出た。

だが、廊下に出た途端、小坂は震え、立ちすくんでしまった。さっきまで人の気配がなかったのに、目の前に兵隊が立っていたからだ。軍曹以下三名の巡察と見える。

軍曹は小坂をじっと見てから、問うてきた。

「異常ありませんか？」

「別に変わったことはありません」

小坂が答えると、軍曹たちは廊下を引き返し、裏玄関の方へ行ってしまった。膝が震えている。へたりこみそうになるのを、小坂は何とか堪えた。

官邸各所の偵察を終えた憲兵三人は、裏玄関から入って正面にある、総理応接室に集まった。それぞれが摑んだ情報を持ち寄って話し合ううち、「総理を救出するには、官邸に詳しい者を仲間に引き入れるべきではないか」ということになった。

小坂の脳裏には、昨日、何度も憲兵分隊に電話をかけてきた福田耕秘書官のことが浮かんだ。彼ならば、官邸の事情について熟知しているはずだ。しかも、なんとしても総理を助けたいという強い意志を持っているから、仲間に加わってもらえれば心強い。

秘書官や内閣書記官の官舎は、裏門を出て通路の反対側にあった。栗原中尉の指示では、官邸の外には出てはならないことになっていたが、小坂は裏門の警官詰所にいる衛兵に近づくと、声を掛けた。

「ご苦労ですね。ちょっとそこの秘書官官舎まで行ってきます」

するとと衛兵は、

「どうぞ」

と言って、あっさり通してくれた。

官舎は五棟あった。どれもコンクリート塀に囲まれた二階建ての建物だったが、そのうちに「福田耕」の表札を見つけた。

「では、六十歳前後の男のみを集めてください。これしかありません」

「いったいどういうことでしょう？」

「総理を弔問者に紛れ込ませ、官邸の外に出すのです」

「ちょっと待ってください。ここへ焼香に来る人たちはみな、総理にごく近しい、内輪の者ばかりで、総理が亡くなったと信じ込んでいるのです。そこへ、生きている総理が突然、顔をあらわしたら、びっくりしてどういうことになるかわかりませんよ」

小倉伍長が口を挟む。

「弔問者にあらかじめ、総理が生きておられることを話しておいてはどうでしょう？」

「それは無理だ」

小坂は即座に否定した。

「総理の生存を知らせ、救出に一役買ってくださいと頼めば、身内の人たちはもちろん承知してくれるだろう。しかし、彼らの心の動揺は大きく、動作は不自然になって、収拾のつかないことになるのは明瞭だ。その場合、どのような危険な事態にいたるかわからないじゃないか。危ない仕事をするのは、我々だけでたくさんだ」

「しかし――」

と福田が言う。

「焼香となれば、弔問客が、死に顔を見るのは常識です。彼らは、総理のことも、また松尾大佐のこともよく知っている人ばかりですから、遺体の主が総理ではないということはすぐにわかりますよ」

「死に顔は決して見せないでゆきます。あれは、総理の亡骸として押し通すんです」

強く言ったあと、小坂は腹案を述べた。

「総理と弔問者との接触は、絶対に避けなければならない。まず、弔問者を一団として、松尾大佐が眠る部屋に誘導し、襖を閉め切ります。そしてその直後に、女中部屋から総理を連れ出すのです。叛乱軍の連中には、弔問者の一人がむごたらしい死体を見て卒倒したと見せかけ、自動車で病院に運ばねばならぬとの理由で裏門を突破する」

小坂は、一同の顔を見まわした。誰もが心配そうな様子で、口を開こうとしない。

「これがかなり荒っぽい、強硬策であることは私もわかっています。しかし、いくら考えていても、時間をとるばかりです」

すると、それまで最も慎重な姿勢を示していた福田が言った。

「わかりました。その策で行きましょう」

青柳軍曹が栗原中尉のもとへ行き、問い合わせたところ、

「十名内外ならば、弔問してかまわない。弔問者については、憲兵に任せる」

との回答を得た。

これでよし――。

四人は、ただちに手分けをして、救出作戦の実行に移ることになった。そのとき、小坂はさきほど拾った拳銃を福田に渡した。

「いざというときは、これを使ってください」

拳銃を受け取った福田の顔からは、すっかり血の気が引いていた。

六

応接室を出た小坂はまず、女中部屋へと行った。岡田に、他の弔問客と同じような服を着せておかなければならないからだ。

女中たちが、岡田の洋服は寝室隣りの十二畳間の押し入れにあるというので、小坂はそこへ走った。すると、着剣の銃を小脇に抱えた屍歩哨が立っており、青柳と話をしていた。

「まもなく弔問客が参りますが、そのときには、歩哨の位置はこっちにしていただけませんか」

「どのあたりですか。ここでいいですか?」

「いや、もう少しこのあたりで……」

などと言いながら、青柳は歩哨を隣室に誘導した。

そのあいだに、小坂は押し入れに近づいた。ずたずたに破れた襖を開け、中から洋服をたっぷり一抱えにして廊下に飛びだす。女中部屋に行き、調べてもらうと、

「靴下がありません。それから、帽子も、ネクタイも……」

などと、足らないものを指摘される。

そこで、小坂は十二畳と女中部屋を何度か往復しなければならなかった。そのあいだ、青柳に、
もう少し時間を稼いでくれ――

と目配せしていた。

岡田の衣服を揃え終えた小坂は、裏玄関へ行った。裏門の衛兵たちと話し込んでいた小倉が走り寄ってきた。

「巡察はいま行ったばかりです。次の巡察までは一時間あります。裏門の司令以下への懐柔も上々です。いまなら、いつでも差し支えありません」

小坂はうなずくと、小倉とともに衛兵のところへ行く。

「ただいまから、総理の弔問者を官邸に入れますから、承知してください。栗原中尉殿の許可は受けてあります。弔問者は憲兵が案内します」

「承知しました」

小坂は門の外へ出た。秘書官官舎の前に、黒塗りの自動車が二台止まっている。総理の近親者を集めることと、自動車を用意するのは福田の役目だ。おそらく、すでに弔問者は到着しているのだろうと察した。

官舎へ行くと、福田は言った。

「弔問者は十二名です。ご用意がよろしければ、すぐに参ります」

「すぐで結構です」

　官舎の外で小坂が待っていると、福田を先頭に、弔問者たちが玄関から出てきた。背広、モーニング、和服と、出立ちは様々ながら、みな六十前後の男ばかりだった。岡田の死を悼んで悲しんでいるのか、あるいは、蹶起軍が占領する官邸に入ることに不安を抱いているのか、みな暗い表情で、うつむき加減でいる。軍服姿の小坂のことを蹶起軍の一味と思ってか、憎しみの眼を向けてきた者もいた。

　裏門の歩哨線で員数点検を受けた後、一同は車寄せから玄関に入った。待ち受けていた青柳が、

「弔問の方は、これから私の指示に従って行動してください」

と言い、彼らを福田から引き継いだ。

　その瞬間、小坂は女中部屋へと駆け出した。

「総理、出ましょう」

　女中部屋に飛び込んだ小坂は、女中たちを押しのけるようにして押し入れの襖を開けた。

　岡田はすでに背広姿にオーバーを羽織り、靴も履いている。小坂は彼の手を取って、座敷に引っ張り出した。

　長らく狭い押し入れの中で座りつづけていたためか、岡田はよろめき、小坂に寄りかかった。小坂は岡田の右脇に左肩を入れ、腰を落として支える。見れば、岡田の衣服は

穴だらけだった。兵らが放った弾丸は、押し入れにも撃ち込まれていたようだ。

「靴は私のじゃない。松尾のだ」

岡田が言った。

「大きすぎて、歩けん」

靴を間違えて持ってきてしまったようだ。しかし、いまさら別の靴を取りに行くわけにはゆかない。小坂は言った。

「閣下、歩けなくても、歩いてください」

「は……」

「さ、行きますよ」

女中たちが、岡田に帽子をかぶせ、顔に黒いマスクをつけた。小坂は岡田を抱えて、廊下に飛び出す。そして、裏玄関へと急いだ。

そこへ、福田も息を弾ませて駆けてきて、岡田の左脇に肩を入れた。小坂と福田が両脇から抱えているから、岡田の足はほとんど地面を蹴っていない。そのころには、弔問者たちは寝室に入っていた。

裏玄関まで来て、小坂は叫んだ。

「小倉伍長、急病人だ。車を中に入れろ」

車の誘導は、小倉の仕事だった。警官詰所のそばにいた彼は、裏門外の道路に走り出た。手を上げ、運転手に合図を送る。

小坂は、帽子とマスクで顔を覆い、下を向いている岡田に向かって怒鳴った。

「馬鹿な奴だ。死体など見るから、気分が悪くなるのだ」

車寄せまで岡田を運んできたものの、自動車はなかなか来ない。

「車だ、車」

小坂はまた叫んだ。その声に、詰所から、司令をはじめ、三、四名の兵が出てきた。何事かと驚いた目で、じろじろとこちらを見ている。

門外の小倉も、必死で腕を振っている。運転手を急かしているのだろうが、小坂の位置からは車は見えなかった。

「小倉、何をしている。早く車を入れろ」

ようやく、一九三五年型のフォード車が門から入ってきて、車寄せに横付けに停まった。福田がドアを開ける。小坂は、岡田の体を放り込むように車中に押し込んだ。あとから、福田がすぐに乗り込む。

福田がドアに手をかけたときには、車は走り出していた。あっけにとられる兵たちの目の前を、自動車は車輪を軋ませ、門外に去った。午後一時二十分のことだった。

うまくいった――。

極度の緊張から解放され、茫然たる状態になった小坂のもとに、小倉が門のほうから歩み寄ってきた。得意げでありながら、皮肉な笑みをたたえている。

「班長殿、我々は上に叱られますかね？」

「さあな……褒められはしないだろうがね」

小坂は目頭が熱くなってきた。達成感のゆえにあらゆることがどうでもよくなって、一言足した。

「まあ、偉いさんたちも大変なのさ」

小倉があんぐりと口を開けたのを尻目に、小坂はただ感激に浸っていた。

岡田は救出されはしたものの、警備上の問題から、なお知人宅などに身を隠しつづけなければならなかった。憲兵司令官、岩佐禄郎《いわさろくろう》中将に付き添われて彼が参内《さんだい》したのは、翌二十八日の午後六時五十分であった。

宮中で待機していた閣僚や軍の高官たちのうちには、そのときまで岡田の生存を知らない者もいた。だから、大事件を防げなかった責任のゆえに、岡田が重苦しい様子であらわれたとき、「幽霊か」と驚いた者もいたようである。

天皇は岡田の無事な姿を見て、涙をこらえながら、

「よかった」

と繰り返し言った。

岡田の方は恐懼感激のあまり、落涙をおさえられなかった。

謁をたまわった後、天皇は広幡忠隆《ひろはたただたか》侍従次長に言っている。

「岡田は非常に恐縮して興奮しているようだ。周囲の者がよく気をつけて考え違いのこ

とをさせぬようにしてくれ」

すなわち、岡田が自殺しはしないかと案じたのだった。

事件終結後、岡田内閣は総辞職し、かわって外交官出身の広田《ひろた》弘毅《こうき》が組閣することになった。岡田は以降、毎年忌日には、松尾大佐と殉職した四人の警察官の墓参りを欠かさなかったばかりか、彼らの位牌を自宅の仏壇に納めて、供養しつづけたということである。

この二・二六事件は、二十九日の午後二時までに下士官兵が原隊に復帰し、また、将校たちも一部の自殺者をのぞいて投降したことで終わった。そこには、天皇のリーダーシップが大きく寄与している。

陸軍内部には、蹶起した者たちの行動を「義挙」として認めようとする動きがあったが、天皇は事件発生直後から、彼らを暴徒、叛乱軍として、断乎討伐することを主張した。この強い姿勢を宥《なだ》めようとする川島陸相らに対しては、天皇は、

「陸軍が躊躇するならば、私がみずから近衛師団を率いて鎮圧にあたる」

とまで言った。

大日本帝国憲法体制においては、天皇は本来、国家の決定には直接関与せず、責任も負わないことになっていた。政府機能が麻痺し、軍部もまともな意思決定ができない緊急事態であったとは言え、これは異例中の異例と言わなければならない。

いずれにせよ、天皇のこの断乎たる姿勢のゆえに、陸軍首脳も最後は、蹶起軍を「叛乱軍」と見なし、実力をもって鎮圧にあたる命令を下さざるを得なくなった。そのため、蹶起した将校たちもクーデターの失敗を認め、投降したのだった。

その意味では、日和見《ひよりみ》の上官の指示を無視し、岡田総理救出にあたった小坂ら三人の憲兵たちは、いちばん天皇の意思に添った行動をしたと言える。福田秘書官も、彼らに褒章を授けるべきだと運動した。

ところが、小坂たちは、現役の将校たちにまで、「親英米派の岡田が生きているのを発見したならば、その場で撃ち殺すべきであった」とか、「貴様らは武士の情けを知らぬ。昭和の梶川与惣兵衛《かじかわよそべえ》め」などと罵倒された。梶川とは言うまでもなく、元禄期に江戸城松之廊下で、吉良上野介《きらこうずけのすけ》に対して刃傷沙汰におよんだ浅野内匠頭《あさのたくみのかみ》を取り押さえ、その本懐を遂げさせなかった人物である。

軍の上層部においても、彼らに褒章や勲章を授けようとする動きはいっさいなかった。それどころか、普通ならば、逃亡兵一人逮捕しても、川に落ちた子供一人を救出しても、憲兵には金一封が与えられ、憲兵の機関誌、月刊「憲友」に掲載されるものだが、小坂らに対してはそれすらなかった。

すなわち、この岡田総理の救出劇は、陸軍および憲兵隊内部において、まるで後ろめたく、おおっぴらにすべきではないことのような扱いを受けたのだった。

澄みきった瞳

一

梅雨の長雨が晴れ、たかが久々に夫の墓に詣でることにしたその日、いつもと違うことが二つ起きた。

たかが暮らす千葉県東葛飾郡関宿町《せきやどまち》は利根川から江戸川が分流する地で、水が豊富である。墓所までの道すがら、青々と稲が育つ一面の水田からは、湿気がもうもうとわきあがるようで、もんぺを穿き、大きな庇の麦藁帽子《むぎわらぼうし》をかぶって歩くたかの顔も、汗にまみれた。

東京から亡夫の縁《ゆかり》の地である関宿に、たかが本格的に居を移したのは、わずか四年ほど前のことだ。けれども、途次に出会う人々は、みな、たかのことを「閣下の奥様」として知っており、野良仕事を中断して挨拶してくれる。

「お出かけですか、奥様？」

「ちょっと、牛の様子を見に」

たかはそう言ったが、声をかけてきた、子供をおんぶした農婦は、本気にしない顔でにたにた笑っている。いや、たかは実際、河川敷に牧場を作り、牛を育てる活動を指導する立場にあった。特別な産業もないこの地に酪農を根づかせようとの、亡夫の遺志を引き継いだのだ。

けれども相手は、たかが腕に、夏椿の白い花を抱えるのを見て、内心、

また、墓参りか――

と笑っているのだろう。

それほどに、たかはしょっちゅう、夫の墓に詣でていた。どんなに忙しくても、月に最低、二、三度は行かなければ気が済まない。四、五日も連続で行くこともざらであった。

寺の檀家の中には、「これぞ日本の婦人の鑑《かがみ》。ご主人もさぞよろこんでいらっしゃるだろう」と称える人もいたが、「この世に残してきた細君にそう強く思われては、閣下も成仏できませんぞ」と窘《たしな》める人もいた。

たか自身も、少し度が過ぎているのかもしれないと考え、恥ずかしくも感じたが、どうにもやめられない。六十代後半にもなって変な話だが、夫に会いに行くと思うと気分が華やぐのだった。

「奥様、お元気そうで」

水田の中から、また壮年の男が笑顔で声をかけてきたときには、

「いえ、いえ、私もずいぶんと婆さんになりました」

と言って、逃げるような早足で立ち去った。

ここのところ、「婆さんになりました」というのが、たかの口癖になっている。

夫はたかより十六歳上だった。晩年は、耳は遠く、脚も悪かったにもかかわらず、国家の要職にあったから、たかもずいぶんと気をもんだ。ときには妻というよりも、幼子の面倒を見る母親のような気分でその世話に当たったものだ。ところが、夫が亡くなってしまうと、まだまだ若いと思っていた自分が、めっきり老け込んだように感じられた。

腰も、膝も痛かった。以前よりも、路上の石に躓《つまず》き、よろけることが多くなったような気もする。それでも、早く夫に会いたくて、たかは休まずに足を動かした。

亡夫の墓所は、日蓮宗の実相寺《じつそうじ》にあった。その境内《けいだい》に入り、

「ご無沙汰いたしました。すみません」

とつぶやきながら、夫の墓の前に立ったときだ。

あれ——。

すでに香炉台からは煙が立ち、花立てには大きな白百合がいっぱいに活けてあるではないか。自分が手にしている夏椿がみすぼらしく見えた。

誰だろう——。

もちろん、たか以外の人が夫の墓を訪れることがないわけではない。たとえば、命日の四月十七日には、親戚ばかりか、近所の人までが香華をたむけてくれる。それから、八月十五日もそうだ。五年前の、昭和二十年（一九四五）八月十五日には、天皇みずからが終戦の詔書《しょうしょ》を読んだ声が、ラジオで放送された。いわゆる「玉音放送」が行われた

日である。

墓石には「鈴木貫太郎墓《すずきかんたろう》」と刻まれていた。すなわち、海軍大将、連合艦隊司令長官、海軍軍令部長、侍従長などを歴任したのち、先の大戦の末期には、内閣総理大臣の職にあった人物だ。だから八月十五日には、終戦における彼の功績を偲んで、墓はたくさんの花と、香煙に包まれるのである。

しかしその日は、そうした特別な忌日や記念日などではなく、たかは不愉快になった。家族以外の者が夫の墓に来てくれるのは、妻としてありがたく思うべきであることくらい、理性ではわかっている。けれども、特別な日以外の夫は、妻だけのものでなければならない、という気持ちを抑えられなかった。

たかは、百合を摑み、花立てから抜き取った。そして、傍らのドブに、叩きつけるように投げ捨てた。


たかの身辺に起きた変事は、これだけではなかった。

墓から帰宅したとき、古くから鈴木家に仕える女中の姿が見えなかった。ややあって、表から帰ってきた彼女は、こう言った。

「駐在さんのところへ走ってきました。変な人がいるので」

見知らぬ男が屋敷の周囲をうろつき、中の様子をうかがっているから、駐在所の巡査に相談に行ったというのだ。

「どんな人？」

女中の話は要領を得なかった。年齢も、服装も、背格好もよくは覚えていないが、とにかく不審な感じがする、と主張するばかりである。

けれども、五十歳過ぎの今日まで、十五年以上にわたって鈴木家に仕えてきた彼女が、いい加減な人物ではないことも、たかにはわかっていた。彼女はたかにとって、暴徒に何度も襲われてきた鈴木家を、ともに守ってきた同志とも言える存在だった。

しかし、暴徒どもの襲撃の対象は鈴木その人であった。その鈴木も、もう亡くなっている。

「そんなに心配はいりませんよ。こんな婆さんが住む家を、襲おうとする人もいないでしょう」

そう女中を宥《なだ》め、たかは仏間へと向かった。だがほどなくして、玄関のほうから、

「奥様、奥様」

という、女中のけたたましい声が聞えてきた。

たかが玄関に来てみると、三和土《たたき》に立っていた女中が、表を指さしている。

「あれです。あの男です」

開け放たれた戸からは、露地の先の門が見えた。門前に、初老の巡査に腕と襟を抑えられた、見知らぬ男が立っているのも見える。野良着のようなものを着て、首に手拭いを巻いているのはわかるが、顔つきは、そこからではうかがえなかった。

「どうしますか？」

「どうって？」

「奥様に会いたいと言っているようです。謝りたい、とかで」

遠目にも日に焼けて、痩《や》せた男は、うなだれた様子である。しかし、たかには、誰から謝ってもらわなければならない覚えはなかった。

「とりあえず、あがってもらいなさい。お話を聞かないとよくわかりません」

女中はうなずくと、門の方へ歩み出しながら言った。

「あの人、旦那様を襲ったと言っているそうです。二・二六事件のとき、安藤大尉の部下だったとかで」

たかは、おのれの五体の血管がぎゅっと縮まるように感じた。そして、その場に崩れ、座り込んでしまった。

「奥様」

異変に気づいた女中が足を止め、戻ってきた。

「奥様、どうなさいました。しっかり――」

「なりません。家に入れてはなりません……あんな人、私は決してお会いしません」

実はしばらく前にもたかは、二・二六事件の関係者が、自分に会いたがっているという話を聞いていた。

鈴木内閣の陸軍大臣で、終戦のときに自決した阿南惟幾《あなみこれちか》大将の姉にあたる人から、

「うちに出入りさせていた人が、『昭和十一年に鈴木閣下を襲撃しました。どうしても鈴木夫人にお目にかかりたい』と言っているのだけれど」と聞かされたのだ。たかは「会いたくない」と断ったが、そのことをすっかり忘れていた。

きっとその人が、勝手にここまで来てしまったのだ。夫の墓にたくさんの白百合を供えたのも、その人に違いなかった。

「帰ってもらってください。帰って――」

「はい。でも、大丈夫でいらっしゃいますか、奥様。ねえ、奥様……」

冷たい汗まみれのたかは、女中の声を聞きながら、ただただ茫然としていた。

二

事件は、昭和十一年二月二十六日未明に起きた。当時、鈴木貫太郎は天皇の側近中の側近、侍従長の職にあった。

二十五日の夜、鈴木とたかは、赤坂のアメリカ大使館に招かれていた。他の招待客は斎藤実夫妻や外交官の松田道一《まつだみちかず》、海軍参事官の榎本重治《えのもとじゆうじ》らであった。斎藤が内大臣に就任したことを祝う会を、ジョセフ・グルー駐日大使が催したのである。

安政五年（一八五八）生まれの斎藤は鈴木より九歳年上で、海軍大将、海軍大臣、朝鮮総督、内閣総理大臣を歴任した重鎮だった。斎藤夫妻がまだトーキー映画を見たことがないというので、この会ではトーキーの上映も行われた。

賓客たちが大使館を引き揚げたのは午後十一時半ごろだった。その冬、東京は異例の大雪がつづいていたが、鈴木夫妻が車に揺られるあいだにも、また雪が降りはじめている。麹町三番町の侍従長官邸に帰着するや、疲れていた夫妻はぐっすりと眠った。

二人が目を覚ましたのは、女中の、

「いま、兵隊さんが来ました」

という声によってである。

まだ表は暗く、室内の空気は冷え切っていた。

「兵隊？」

鈴木が寝ぼけた声で言ったのに対して、女中はうろたえた様子で応じた。

「後ろの塀を乗り越えて入ってきました」

その途端、鈴木はがばと起き上がった。

「いま何時だ？」

「五時前でございます」

鈴木は床《とこ》の間に歩み寄ると、白鞘の剣を取った。

とうとう来たか――

と、たかも悟る。

社会的格差の広がりや、陸軍部内における派閥抗争などを背景に、青年将校や右翼活動家らによるテロ事件が頻発した時代だった。要人たちには、警察を所管する内務省や陸軍の憲兵隊などから、過激青年将校らの不穏な動きについての情報がしばしばもたらされている。もちろん警備当局は、侍従長とその家族にも、テロリストに十分警戒するよう要請していた。

鈴木は鞘から刀身を抜いた。あらわれたのは、槍の穂先だった。これでは賊どもとまともに戦うことはできないと思ったのだろう、彼はただちに物置へと走る。

それを見て、たかはいささか後ろめたい気分になった。いざというときに備え、鈴木が納戸に置いておいた二十本ばかりの日本刀を、たかは風呂敷に包み、別の場所に隠してしまっていたからだ。

鈴木は軍人だから、暴徒が乗り込んでくれば、勇ましく戦いたいと思うに違いない。しかし、すでに七十近い齢となっているし、暗殺者たちを相手に立ち回りなどをやれば、かえって危険だろう。そのようにたかは考えたのだ。

たかは、暴徒がやってくるならば、武人の妻として、白無垢に着替えたいと思った。しかし、その暇はなかった。軍靴の音がどかどかと廊下を踏みならして近づいてくる。そして靴音は瞬く間に、たかのいる座敷の、襖戸の外にあふれた。

戸が乱暴に開いたと思ったら、たかは畳の上に座ったまま、剣付銃を携えた兵らに取り巻かれてしまった。

やがて、近くの八畳間のほうから、

「鈴木閣下でありますか？」

という声が聞こえてきた。

たかは、兵らに腕を抱えられ、八畳間に連れていかれた。電灯がついており、部屋の中は明るかった。その隅に、たかは引き据えられた。

部屋の中央では、三十人ばかりの兵に囲まれて、鈴木が突っ立っていた。綿入れの部屋着姿のままで、武器は手にしていない。物置を探しまわったものの、何も見つけられなかったのだろう。太い八字眉毛に八字髭のその顔が、哀れに見えた。

やがて、鈴木は兵らの気持ちを宥めようとするかのごとく、両手をあげた。

「まあ、静かになさい。こういうことをするについては、何か理由があるだろう。それを聞かせてもらいたい」

しかし、兵たちはみな、鈴木の顔を見ているだけで返事をしなかった。鈴木はまた、問うた。

「何か理由があるんだろう？　それを聞かせてもらいたい」

なお、誰も口を開かなかった。そこで、三度、鈴木は同じことを問うた。

「理由がないはずはない。理由を聞かせてくれないか」

すると、帯剣でピストルをさげた、下士官らしき男が言った。

「もう時間がありませんから、撃ちます」

男はピストルを抜き、鈴木に向ける。

たかはは っとして、夫のそばへ近づこうとした。だが、傍らの兵に肩を押さえられ、果たせなかった。いっぽう、鈴木は銃を向けられながら、落ち着いた様子でいる。

「それなら、やむを得ません。お撃ちなさい」

鈴木は言うや、銃口から一間（約一・八メートル）ばかり離れた位置に、襖を背にして直立した。その頭上の欄間には、彼の両親の、額縁入りの写真が掲げてあった。

鈴木にピストルを向けていたのは、二人の下士官だった。そのうちの一人が、最初の一発を放った。動揺していたらしく、弾丸は左後方にはずれ、唐紙に当たった。

下士官たちは連射しはじめた。弾丸が鈴木の股のあたりに命中した。鈴木が苦痛に顔をゆがめた直後、二発目が彼の左胸を貫いた。鈴木は唸りながら、左目を下にして、畳の上にどうと倒れた。つづけざまに、頭と肩に弾丸が当たる。傷口から流れ出た血液は、どんどん畳の上に広がっていった。

兵たちのうちから、

「とどめ、とどめ」

という声があがった。

下士官の一人が鈴木のそばにしゃがみ、ピストルの銃口を彼の喉に押し当てる。

そのとき、たかは動いた。まわりの兵らを押しのけ、勢いよく前に出て、その下士官のもとへにじり寄った。

「とどめだけは、やめてください。どうか、やめてください」

下士官は銃を鈴木の喉に押し当てたまま、たかに視線を向けた。その瞳は、小刻みに揺れている。

「もういいでしょう。とどめの必要はありません」

そのとき、指揮官とおぼしき男が部屋に入ってきた。下士官はたかから目を逸らし、尋ねた。

「中隊長殿、とどめを刺しましょうか?」

三十歳くらいと見える指揮官は、眼鏡をかけており、その蔓《つる》を載せた耳の先はとがっていた。やや青ざめたような顔で、血にまみれて倒れる鈴木を見、それから、そばにうずくまるたかを見た。目を逸らさぬまま、彼は命じた。

「とどめは残酷だからやめろ」

下士官は、鈴木の喉から銃を離した。

指揮官は、今度は一同に号令した。

「閣下に対して敬礼」

兵たちは折り敷き、捧げ銃をした。

「立て。引き揚げ」

兵たちは全員、部屋から出ていった。後に残った指揮官はまた、たかを見下ろした。

「あなたは、閣下の奥様ですか?」

「そうです」

「あなたのことは、かねてお話に聞いておりました。まことにお気の毒なことをいたしました」

非常に殊勝な、礼儀正しい態度だった。大挙して侍従長を殺害するような、非道を行う人物には見えない。

たかは問うた。

「どうして、こんなことになったのですか？」

「我々は、閣下に対して何も恨みはありません。ただ、我々の考えている躍進日本の将来に対して、閣下と意見を異にするがために、やむを得ず、こういうことに立ちいたったものであります」

「意見が違えば、殺さなければならないと言うのですか？」

「国難を克服するには、しかるべき人物が要路に立ち、国家、社会の大改造を行わなければなりません。それを許さぬ人々が陛下の周囲に侍《はべ》っている以上、我々は手段を選んではいられないのです」

青年の瞳は、恐ろしいほど澄みきっていた。底の底まで、どこまでも見通せるように感じられる。何かに向かって純粋に、一筋に突き進もうとする目だった。純なるがゆえに、非常な危うさも備えているように感じられる。その眼光に、たかは慄然《りつぜん》とした。

「まことに、残念なことをいたしました。ところで、あなたはどなたですか？」

「安藤輝三《てるぞう》大尉です。いとまがありませんから、これで引き揚げます」

言い捨てて、安藤は部屋を出ていった。

ただちに、たかは鈴木を抱き起こし、いくつもの傷口のうち、頭と胸のものを手で押さえた。少しでも、血を止めようとする。

家人や女中らが集まってきた。みな、うろたえ、泣いている。

たかは指示した。

「何をしているのです。侍医を派遣してくださるよう、早く宮内省に電話して」

これは、後に二・二六事件と呼ばれる、叛乱事件のはじまりであった。皇道派の青年将校たちが、歩兵第一連隊、歩兵第三連隊、近衛歩兵第三連隊、野戦重砲兵第七連隊などの一部からなる千五百名近い兵を率いて、蹶起《けっき》したのだ。鈴木侍従長官邸を襲った一団の指揮官、安藤大尉は、歩兵第三連隊第六中隊長だった。

彼らはクーデターを起こすべく、首都の中枢部を占拠し、「君側の奸」と見なす者たちを襲撃した。鈴木のほか、岡田啓介《おかだけいすけ》総理大臣、斎藤実内大臣、牧野伸顕《まきののぶあき》前内大臣、高橋是清《たかはしこれきよ》大蔵大臣、渡辺錠太郎《わたなべじょうたろう》陸軍教育総監が襲われ、そのうち岡田と牧野は難を逃れたが、斎藤、高橋、渡辺は即死している。

鈴木にはまだ息があったが、一刻を争う事態だった。自身も血まみれになりながら、夫の傷口を必死に押さえるたかは、確信していた。

あの澄みきった瞳を、以前に見たことがある、と。

三

たかが鈴木に嫁いだのは、大正四年（一九一五）、鈴木が数えで四十九歳、たかが三十三歳のときだった。鈴木にとってたかは後妻だが、たかはこれが初婚だった。当時の女性としては、かなり遅い結婚と言える。

たかの父、足立元太郎《あだちもとたろう》は札幌農学校の二期生（内村鑑三《うちむらかんぞう》や新渡戸稲造《にとべいなぞう》と同期）で、北海道庁吏員や農学校講師、農商務省の横浜生糸検査所技官などを務めた。とても教育熱心な人であり、その薫陶《くんとう》を受けたたかは女子高等師範学校保母科に進み、明治三十七年（一九〇四）に卒業後、同校附属幼稚園の保母となった。

ちょうどそのころ、宮中では皇孫養育係の人選が行われていた。当時、皇族の子弟の養育は実の父母ではなく、養育係に委ねられるのが慣例であって、ときの皇太子（嘉仁《よしひと》、大正天皇）の三皇子、すなわち迪宮裕仁《みちのみやひろひと》（昭和天皇）、淳宮雍仁《あつのみややすひと》（秩父宮）、光宮宣仁《てるのみやのぶひと》（高松宮）にも〝母親代わり〟の教育者が求められた。そこで白羽の矢が立ったのが、保母として評判の高かったたかだった。

たかは当初、「自分には畏《おそ》れ多い」と断っていたが、多くの人の励ましを受け、日露戦争中の明治三十八年五月、青山御所内の皇孫御殿に出仕した。たかが数えで二十三歳、迪宮五歳、淳宮四歳、光宮が一歳（生後四ヶ月半）のときだ。もちろん、母親代わりであるから、住み込みで皇孫たちの世話に当たるのである。

明治四十五年に明治天皇が崩御すると、迪宮は皇太子となり、皇孫御殿は東宮仮御殿と改称された。以降、皇太子の世話は、東宮大夫、東宮侍従、東宮侍従武官など、専従の職員があたることになったが、その後も暮らす場所は、二人の弟たちやたかと一緒であった。しかし、大正二年（一九一三）に高輪に新たな東宮御所ができると、皇太子だけはそちらに移ることになった。

たかが養育係として勤めるあいだ、当然のことながら、師範学校の級友たちも、また自身の妹も、どんどん結婚していった。内心では羨ましいと思わないではなかったが、「ひとたび養育係を引き受けたからには、親王様方のためにすべてを捧げなければならない」と自分に言い聞かせていた。

ところが、三十もとうに過ぎ、婚期などすっかり逃してしまったと思っていたとき、にわかに縁談が持ち込まれた。その相手が十六歳上の海軍次官、鈴木貫太郎少将だった。三年前に妻のとよに先立たれた鈴木には、長女さかえ十八歳、長男一《はじめ》十五歳、次女ミツ子《こ》九歳の三人の子がいた。

いまとなっては男の勝手な道理ということになろうが、この当時は、国家の要職にある男、とりわけ、艦隊勤務ともなれば長々と家を留守にしなければならない海軍軍人には、家庭を守る妻がいなければならないと考えられていた。そこで、鈴木に親しい人々が、「まじめで仕事熱心なたかを後添えにしてはどうか」と思って動いたのである。

鈴木との縁談をもちかけられたとき、たかは「この話が来たのは、自分の年齢も関係しているのだろう」と察した。もっと若い女なら、相手が子持ちの年配者では可哀想だが、たかのような年増ならちょうどよいのではないか、と思われたのだろう、と。少し悩んだが、たかはこのときも、周囲のすすめに従い、話を受けることにした。結婚したのは大正四年六月である。

たかの退職を知った親王たちは、大変悲しんだと伝えられている。のちに、昭和天皇はインタビューにおいて、「たかとは、本当に私の母親と同じように親しくしました」と答えているが、母親代わりが宮中の仕事を辞めてしまうのは、やはり寂しかったのに違いない。

たかの夫となった鈴木は、すでに海軍の幹部の一人だったが、その後も軍人としての顕職を歴任していった。大正九年には第二艦隊司令長官、十年には第三艦隊司令長官となった。当時、天皇が病気であったため、皇太子は摂政宮となっていたが、十一年七月の北海道行啓のときには、その御召艦《おめしかん》となった第三艦隊の「日向」に鈴木は同乗している。大正十二年には海軍大将に任じられ、十三年には第一艦隊司令長官兼連合艦隊司令長官、十四年には海軍軍令部長にまでのぼった。

軍令部長は海軍の作戦立案と指揮命令の総元締めであり、大元帥たる天皇の直属の参謀だ。摂政宮が新帝に即位した翌年の昭和二年十月に行われた海軍特別大演習では、六日間にわたり、御召艦「陸奥」に同乗した。

たかは結婚前、とりたてて取り柄のない身であろうとも、皇孫、皇子のために尽くす仕事をしていると思うと、自分の存在価値を実感できたものだった。そして結婚後も、夫が出世し、国家の重責を担っていることに、ささやかながらでも自分が寄与できていると思えば、誇りをおぼえ、嬉しかった。

鈴木の人生に大きな変化が訪れたきっかけは、昭和四年に、珍田《ちんだ》捨巳《すてみ》侍従長が脳出血で急逝したことだった。当時の一木《いちき》喜徳郎《きとくろう》宮内大臣が鈴木に、「次の侍従長になってくれないか」ともちかけてきたのである。

鈴木は、「自分は武骨一方の男ですから」と言って断ったのだが、一木の話を聞いているうちに、天皇自身が、鈴木に侍従長になってもらいたいと思っているらしい、と察するにいたる。皇太子時代の行啓や演習などにおいて、天皇は鈴木とは親しく接しており、その人柄や見識を高く評価していた。その上、彼の妻がたかであるということも、この人選に大きく寄与しているようだった。たかが母親代わりであった以上、その夫も、父親のように信頼してよいはずだ、と天皇は思ったらしい。

海軍軍令部長が侍従長になるのは、宮中席次で言えば二、三十番も下がる「降格人事」だった。しかし、天皇の思いに心を動かされた鈴木は結局、侍従長就任の話を受けることにする。

これを聞いたたかは、驚くとともに喜んだ。鈴木の世話をすることが、それまで以上に、かつて養育に当たった尊い方への奉仕に直結すると感じられたからだった。

侍従長官邸に移った鈴木やたかのもとに、安藤輝三という男があらわれたのは、二・二六事件より二年ほど前のことである。民間人の二人の男とともに、

「三十分でよいので、侍従長閣下にお時間をいただきたい」

と訪ねてきたのだ。

「お引き取りいただきましょう」

嫌な予感がして、たかは言ったが、鈴木はうなずかなかった。

「若い諸君に、自分の考えを語って聞かせたい」

「重きお立場をお考えになり、ご自重ください」

「いいから、客人を応接間に通しなさい」

たかは仕方なく、安藤らを応接間に案内した。

三人の青年はみな、固い表情で、肩にも力が入っている。とりわけ、軍人らしい、形式張った挙措《きょそ》の安藤は、ひどく気張っているように見えた。

応接間に鈴木があらわれるや、安藤は膝の上にのせた両の拳をぎゅっと握りしめながら言った。

「本日は、鈴木閣下に我々の考えを聞いていただきたく、参上いたしました」

「諸君の考えとは何かね？」

「この国難にあって、一部の良からぬ者どもが政治を壟断《ろうだん》し、畏れ多くも陛下の賢慮《けんりょ》をおおい奉っているということについてです」

たかは、部屋の隅に突っ立っていた。夫のことが心配で、動けなかったのだ。鈴木が、何をしているのか、と言いたげな目を向けてきたが、それでもじっとしていた。やがて、鈴木はたかに命じた。

「お茶を」

たかは部屋を出て、女中とともに茶の支度をしたが、すぐに応接間に戻ってきた。女中たちには応接間に立ち入らせず、自分だけで給仕をする。

鈴木は大きな声で、青年たちに話していた。

「君たちはいまの政治のあり方は明治天皇のご意思に反するというが、軍人が政治の革新を目指そうなどとすることこそ、明治天皇が『軍人は政治にかかわるべからず』とお示しになったご勅諭《ちょくゆ》の精神に反するものと言わなければならない」

真剣な眼差しで、黙って聞く青年たちに、鈴木はなお、熱く語りつづけた。

「そもそも、甲乙丙丁、違った意見を持つ者たちが議論を戦わせ、その結果、中庸に落ち着くことが政治の要道である。しかし、武力を持つ者がその議論にかかわれば、ただちに武力をもって自分の意見を通そうとするようになるだろう。それでは戦国時代の元亀天正年間と同じではないか。しかも、常備軍がこんなところに力を用いるようになっては、外国と戦争をする際にはどれほどの兵力を用いられるのか。はなはだ危険な状態になるのではないか」

まるで叱りつけるような物の言い方だ、とたかは思った。これでは、青年たちを刺激し、刺されることにでもなりはしないか、と心配になる。だが、鈴木の語気はますます強まっていく。

「しかも君たちは、政治的に純真無垢な荒木大将を総理大臣にしなければならんと言うが、どこまでも一人の人物を任命しなければならんと強要することは、天皇の大権を拘束することになりはしないか。日本国民として、こういうことは言えないはずだ」

三人の青年は、何か言い返してやりたいのだが、鈴木の熱弁に気圧《けお》されて、言葉が出せないというふぜいだった。

給仕が終わっても、たかは部屋の隅に立ったままでいたが、やがて鈴木に、

「いま、大事な話をしている。行きなさい」

と言われた。

「はい」

と答えながら、たかは動かなかった。

「何をしている。行きなさい」

たかは下がらざるを得なかった。

だが、その後も気が気ではない。外からでは、部屋の中でのやり取りの内容はわからなかったが、ときどき、鈴木や青年たちの、怒鳴るような声が聞こえてきた。それも不

安だったが、まったく声が聞こえなくなるのも、同じくらいに不安になる。鈴木はもう青年たちに刺されでもして、冷たくなっているのではないか、という気もしてくるからだ。

だからときおり、茶を取り換えたり、昼食を出したりするのを口実にして、たかは応接間の様子をうかがった。その都度、鈴木は飽きもせず、青年たちに国政や軍事について語っていた。

話し合いは、三十分どころか、三時間におよんだ。結局その間、鈴木は刺されることも、殴打されることもなかった。

応接間から出てきたとき、安藤は笑顔を輝かせていた。ほかの二人も、まるで人が変わったようにくつろいだ様子になっている。

玄関で挨拶をするとき、安藤は言った。

「閣下のことは、見ると聞くでは大違いでありました。今日はまことにありがたいお話をうかがって、胸がさっぱりしました。よくわかりましたから、友人にも説き聞かせます。他日、また教えを受けることにしたいと思います」

深々と頭を下げて帰っていった安藤のことを、たかはかわいらしくすら感じた。そして、

何と澄んだ目をした人だろう――

と思ったものである。

しかし、納得して帰っていったはずの男が、のちに部下の兵を引き連れて、鈴木を襲うことになろうとは、そのときは思いも寄らなかった。

四

昭和十一年二月二十六日未明に発生した叛乱事件が、宮内省、さらには天皇のもとにどのように伝達されたのかについては、関係者の手記や回想の内容に相違があって、正確なところはわからない。しかしながら、侍従長官邸からの、「侍医を派遣していただきたい」との依頼の電話が、宮内省への最も早い連絡であった可能性が高いものと推定される。

電話があったときの、宮内省の当直は黒田長敬子爵《くろだながあつししやく》だった。だが、たまたま外科の侍医が出張中であったため、黒田は、東京帝国大学名誉教授で、日本医科大学学長の塩田《しおた》広重《ひろしげ》博士に連絡を取った。塩田は昭和五年、ときの濱口雄幸《はまぐちおさち》総理が東京駅で右翼団体の青年に銃撃されたとき、その手術を担当したことで知られ、当時、銃創治療の権威と目されていた。そしてもちろん、黒田は同時に、この変事を宮内省の主だった人々にも報告したものと思われる。

当番侍従の甘露寺《かんろじ》受長伯爵《おさながはくしやく》が、宮内事務官から事件の報告を受けたのは、午前五時四十五分のことであった。最初の報告はやはり、「侍従長官邸が軍隊に襲われ、侍従長が重傷を負った」というものだったようだ。しかし直後に、「四谷仲町の内大臣私邸が襲撃され、斎藤閣下が即死した」との連絡も受ける。

六時ごろ、甘露寺は皇后宮女官長を通じて、天皇に「お目覚め願いたし」と言上した。その上で各所に電話し、情報収集に努めた結果、総理大臣官邸襲撃の様子なども耳にすることになった。

六時二十分、甘露寺は天皇に拝謁した。陸軍の一部が命令もないままに動き、侍従長、内大臣、総理大臣らを襲ったらしいとの報告に接した天皇は、涙目になって、

「まったく私の不徳のいたすところだ」

と言った。

もちろん、軍人たちが軍紀を守らず、勝手なふるまいをなしたこと自体、大元帥としてはなはだ悔しく、腹立たしかったに違いない。だがそれとともに、実の父母のように親しみ、頼りにしていた鈴木とたかが襲撃されたという事実が天皇の心理に与えた影響も、また小さくなかったものと思われる。

のちに、本庄繁侍従武官長や川島義之陸軍大臣ら陸軍首脳が、青年将校たちの蹶起趣意書を読み聞かせたり、あるいは、のちに将校たちが自決しようとするに際し、勅使を派遣してくれと頼んだりなどしたとき、天皇は不快感をあらわにした。そして、

「なぜ、朕《ちん》の股肱《ここう》を傷つけたる者にそのようなことをする必要があるのか」

と厳しく叱責するにいたっている。

傷つけられた「股肱」として、天皇がまっさきに思い浮かべたのは鈴木と、その妻のたかではなかったか。そしてそうであれば、蹶起軍を叛乱軍とみなし、徹底的に討伐しなければならないとする天皇の方針は、侍従長遭難の報告がもたらされた時点で、ほぼ決まっていたと言えそうだ。

それはともかく、銃撃された直後の、鈴木の姿は凄惨を極めた。おびただしい流血なのだ。たかはタオルと手を使い、必死に頭と胸の傷口を押さえつつ、「霊気術止血法」なるものも施そうとした。

この止血法は民間療法で、生体を流れる、目に見えないエネルギー「霊気」を、術者が手をかざすなどして放射し、患者を癒すと称するものだ。たかは以前に、この術の講習を受けたことがあった。

胸や頭を撃たれたにもかかわらず、鈴木には意識があった。宮内大臣秘書官の町村金《まちむらきん》五《ご》や湯浅倉平宮内大臣ら、宮内省関係者が相次いで見舞いに来たのに対しても、心配ない、とみずから話している。

たかも驚くほど、鈴木は落ち着いており、見舞いに来た湯浅宮相のほうが、かわいそうになるほどうろたえていた。なにしろ室内は、軍靴の跡と血液で目も当てられないほどに汚れており、その中に、土気色をした顔の鈴木が倒れているのだ。湯浅は、ほとんどしゃべることもできなかった。

いっぽう、鈴木は、

「私は大丈夫でありますからご安心いただきますよう、どうか陛下に申し上げてください」

などと言っている。

だが、鈴木の容態は決して「大丈夫」などではなかった。肺を大きく動かして声を出すたびに、傷口からはどくどくと血があふれ出した。

「もう口を利いちゃいけません」

たかが諭したため、つぎに侯爵、広幡忠隆大夫が見舞いに来たときには、鈴木は言葉を発しなかった。それでも意識はしっかりとしており、目礼をもって見舞いに応えていた。

早く医者に来てもらいたい――。

たかが祈るような気持ちでいると、やがて塩田博士が円タクで到着した。

「私が来たら大丈夫だ。安心なさい」

頼もしげに言いながら部屋に入ってきた塩田は、直後に、畳の上の血に滑り、転倒してしまった。さほどに、すさまじい流血であった。

鈴木の傷口を見た塩田は、たかに、

「包帯はありませんか？」

と尋ねた。

塩田はそのとき、医療道具を持っていなかった。日本医科大学に電話をかけ、救急治療の準備を命じた後、まずは鈴木の容態を診ようと、自宅から直接、侍従長官邸に駆けつけたからだ。

「うちには包帯などありません」

「何でもよい。何か、白い布を」

たかは立ち上がった。持ってきたのは、白羽二重の反物であった。それを切って、止血に用いた。

そのころから、鈴木はさかんに、寒い、寒い、とつぶやき出した。怪我人は動かしてはならない、と鈴木自身が言ったため、たかは彼を畳で寝かせたままにしていた。塩田は、たかや家人に指示をして、鈴木を一間ばかり離れた布団に移した。だがその直後、鈴木は意識を失う。鈴木の脈を取った塩田は、

「これはまずいぞ」

と言葉を漏らした。

そのときには、稲垣長次郎《いながきちょうじろう》博士と吉田真博士も到着していたので、塩田はあとをまかせて、侍従長官邸を出た。医療道具を取りに行くためだ。

稲垣、吉田両博士は鈴木を診察し、輸血協会に連絡するなどしたが、そのあいだも、鈴木の脈は次第次第に弱くなっていった。

やはり、もう駄目かもしれない——。

たかは、心細くて仕方がなかった。

塩田は雪の中、円タクをつかまえ、飯田町の日本医科大学へ行った。そして、二名の助手とともに、必要な医療道具を調えて侍従長官邸に戻ってきた。すぐに、鈴木にリンゲル注射をする。そのとき、塩田は、

「はあー」

と声を発した。

一瞬だけだが、鈴木が目を開いたのだ。

やがて、輸血に協力する約三十人の青年が到着した。当時は、血液を保存しておくことはできなかったから、その場で健康な人から採血し、患者に輸血しなければならない。よって、塩田は五十人ほどの青年と血液提供の契約を結び、毎月、彼らに手当てを支払っていたのだ。

鈴木の血液型は０型だったが、青年のうちに０型の者も数人いた。五百グラムを輸血する予定で、医師団は彼らから採血をはじめたが、鈴木の脈も、呼吸も、いよいよ衰弱してきた。もはや、五百グラムを取り終えるまで待っていられない。とりあえず、三百グラムだけ緊急に注射することにした。

これが効いた。容態が安定してきたところで、鈴木を隣の十畳間に移し、床《とこ》の下に乾板を入れてレントゲン写真を撮った。幸いなことに、顳顬《こめかみ》と肩に当った弾丸は、貫通し

て体外に抜けており、胸に当たった弾丸も、背中に留まってはいたものの、わずかに心臓を外れていることがわかった。股間に当たった弾丸は、陰嚢の中に残っていた。傷の情況がはっきりしたため、その場で緊急処置が行われ、以後、鈴木は医師団に見守られながら、絶対安静で仰臥《ぎょうが》しつづける。

総理大臣官邸や警視庁すら占拠され、事件についての情報が錯綜する中の、二十七日の夜のことだ。

麹町警察署長宛に、宮内省から一本の直通電話がかかってきた。電話に出たのは、署長本人ではなく、署長付運転手の大串長次巡査である。

電話口の相手は、

「鈴木侍従長は生きているか?」

と言った。

「はい、生きています」

「よかった。生きていることは間違いないな?」

「ええ、それは確かです」

このころ、一般には鈴木は死んだと伝えられていた。しかし、大串は事件後、署長とともに侍従長官邸に行き、危篤状態ながら、鈴木が存命しているのを確認している。

つづいて電話口の主は、

「総理はどうしているか？」

と尋ねてきた。

これについては、大串は曖昧にしか答えられなかった。

「なぜ、はっきりわからぬのか？」

「周囲は兵隊に包囲されています。情況を探ることは非常に困難なのです」

「ああ、股肱の生死すらも知ることができない。朕はいったい、誰に聞けばよいのか……」

嘆きの声を発した相手は、それからあらためて言った。

「それでは朕の命令を伝える。総理の消息をはじめとして、情況をよく知りたい。見てきてくれぬか」

このとき、宮内省から警察署に「朕」などと言ういたずら電話がかかってくるとは考えにくい。これは、天皇その人の声であったと考えるべきだろう。

正確な報告がいっこうにもたらされない中、天皇は、股肱と頼む者たちの安否はもちろん、いったい、誰が信頼できる者で、誰が信頼できない者かもわからない情況に置かれ、苛立っていたものと思われる。そしてそのあまり、みずから麴町警察署に電話してみた、ということのようだ。

鈴木が生きていると確認し得たためか、侍従長官邸には連日のようにスープや牛乳など、栄養のあるものが宮中から届けられた。たかは、天恩のありがたさに、心から感謝した。

昏睡状態にあった鈴木は、事件から二日ほどたったとき、目を開けた。そして、枕元のたかに言った。

「大和から観音様がお出でになり、『大丈夫、助かるから心配するな』とのお言葉を賜った。だから、心配しなくていい」

しょせん、寝言のようなものだとはたかは思いつつも、夫が意識を取り戻し、「心配するな」と言ってくれたことは嬉しかった。

一週間ほど後には、往診に来た塩田博士が、

「こちらのものになりましたよ」

とも言ってくれた。

その間、叛乱将校たちが下士官、兵を原隊に帰し、投降したため、事件は解決している。いっぽう、鈴木は以降も、奇跡的なほど順調な回復を遂げていき、五月の中ごろには参内して、天皇に御礼言上するまでになった。たかも、これはひょっとすると、本当に観音様のご加護ではないか、と真剣に思いはじめた。

もっとも、鈴木はのちに、

「あれは観音様でなく、毘沙門天だったかもしれない」

などと言ったりもしているのだが、たかは鈴木が療養中から、浅草寺に詣でるように

なった。

鈴木も以降、日々、観音経の読誦を欠かさず、浅草寺にも、たかとともにしばしば参詣するようになっている。

鈴木が侍従長の職務にも復帰し、元気に観音詣でなどもできるようになったことは、たかにとって喜ばしいかぎりだったが、事件後の夫のことで、ひとつだけ心得られないことがあった。

もともと、鈴木は細かいことにこだわらず、怒ったり、悲しんだりといった感情もあまりあらわにしない、茫洋たる人物だったが、その度合いがひどくなったように思われたのだ。とりわけたかが戸惑ったのが、鈴木が、事件の青年将校たちに同情するような発言をすることだった。

自分をあれほどひどい目に遭わせた安藤大尉についても、

「こんな老いぼれを襲ったために、あの前途ある青年が一生を棒に振るなど、気の毒なことをした」

と言い、また、

「真に立派な、惜しいというよりも、むしろ可愛い青年将校であった。間違った思想の犠牲になったというのは、気の毒千万に思う」

などとも言った。

たかはあきれて、

「あの人は逆賊として、罪せられたのですよ」

と反論したものだ。

実際、安藤を含めた首謀者たちは、軍法会議にかけられたのち、昭和十一年七月に銃殺刑に処せられている。

しかし鈴木は、日々唱えている観音経の〈念彼観音力《ねんぴかんのんりき》 衆怨悉退散《しゅうおんしったいさん》〉という一節を持ち出して、たかを諭した。

「おたか、この〈衆怨〉というのは、いろいろと怨《うら》むべき敵のことだが、多くの敵も、観音様のことを念じ、そのお力に頼ればことごとく逃げてしまうんだ。本当によい、ありがたい言葉じゃないか。おたかも、心してこれを唱えてご覧。私はこのごろ思うんだ。ひょっとすると、この世にはもともと、敵などというものはないのかもしれないとね」

そう言って笑う鈴木を見て、なんだか夫が遠くにいってしまったような気持ちにたかは浸ったものである。

五

宮中の仕事に復帰した鈴木だったが、七十歳を機に引退したい、と天皇に願い出た。たびたび慰留されたが、その年の十一月に在任八年で辞任を許される。鈴木はそれまで、侍従長兼枢密顧問官だったが、枢密顧問官専任となったわけだ。そして、とくに男爵に叙された。以降、昭和十五年六月には枢密院副議長、同十九年八月には枢密院議長に就任している。

その間、日本は戦争の時代に突入していった。

昭和十二年には、北平（北京）郊外の盧溝橋《ろこうきょう》付近で、現地駐屯の日本軍と国民革命軍（国民党軍）とが衝突し、それが発端となって支那事変（日中戦争）へと発展した。国民党の蔣介石《しょうかいせき》との和平交渉がなかなか整わない中、アメリカ、イギリスが蔣を支援し、日本に経済制裁を科すという厳しい状況となると、日本はドイツやイタリアとの軍事同盟締結に打開の道を見出そうとする。しかしながら、これがかえってアメリカを刺激し、さらなる厳しい制裁を招くことになったため、とうとう日本は、南方資源地帯の確保を目指して米英との戦争に踏み切った。

緒戦は、日本は破竹の勢いで占領域を広げていったが、やがては劣勢に立たされた。昭和十九年七月には、「絶対防衛圏」とされていたサイパン島が陥落し、開戦以来政権を担当した東條英機《とうじょうひでき》内閣は総辞職した。後継の小磯国昭内閣も、戦局悪化の中、指導力を発揮できず、翌年の四月には、小磯は政権を投げ出してしまう。

国家がこのような難局に直面していることは、鈴木にとっても、たかにとってももちろん大いに心配であった。しかし、二人の生活自体は、鈴木が海軍の高官や、あるいは侍従長であった時期に比べれば穏やかなものであったと言える。枢密院は、重要国務についての天皇の最高諮問機関だから、その議長はもちろん、軽からざる役目ではあるのだが、大本営や政府の高官のように国策決定に直接かかわるわけでもなく、また、つねに天皇のそばにあって補佐しなければならないというわけでもなかったからだ。

ところが、小磯内閣の後継内閣首班に、鈴木が推されるという事態となる。

当時の総理大臣の人選は、総理大臣経験者や枢密院議長、および司会役とでもいうべき木戸《きど》幸一《こういち》内大臣によって構成される、重臣会議によってなされていた。重臣たちが推挙した人物を、天皇がそのまま任命するわけだ。そしてこのとき、重臣たちの多数が、「次の総理には鈴木が相応《ふさわ》しい」との意向を持っていることがわかってきた。

この話を鈴木から聞いたとき、たかは、

「かりに大命が降ったとしても、決して受けないでください」

と懇願した。

「もう歳も歳ですので、無理ですよ」

鈴木は満七十七歳二ヶ月余、数えで七十九歳だった。もし組閣の大命を受ければ、もちろん、史上最年長での総理就任ということになる。耳もひどく遠くなっており、股間に銃弾を受けて以来、歩行にも困難を来たしていることからして、平時であっても、このような人が総理大臣の激務に耐えられるはずがない、とたかは思った。

しかも、鈴木の話によれば、重臣たちの多くが次の総理に期待しているのは、戦局好転の見込みが立たないこの戦いを、できるだけ早期に終結へと導くことだという。それがたやすいはずはなく、またもや命の危機にさらされかねない仕事だということくらい、政治や戦争指導に詳しくないたかにも疑いようはなかった。二・二六事件のときのような災難だけはもうごめんだというのが、彼女の痛切な思いだった。

「あなたはこれまでにも十分に陛下に尽くされてきました。ですから、お断り申し上げたとしても、誰からも批判を受けるいわれはありません」

たかが必死に訴えると、鈴木も、

「もちろん、この話をお受けするつもりはないから心配しなくていい」

と言った。

ところが、四月五日の夜、日付が変わるころになって小石川の自宅に帰ってきた鈴木は、力なく言った。

「参内してきた」

「まさか……」

鈴木は申し訳なさそうに、目を伏せている。

「陛下には、『何卒、拝辞のお許しをお願いいたしたく存じます』と申し上げたのだ。しかしね……」

鈴木は「軍人は政治に関与してはならないという明治天皇の聖諭を奉じてきたし、そのために政界とは交渉を持たずに生きてきたから、自分には何らの政見もありません」と言ったものの、天皇から、「鈴木の心境もよくわかる。しかし、この国家危急の重大時機に際して、もう他に人はいない。頼むから、どうか枉《ま》げて承知してもらいたい」と懇願されたというのだ。

「陛下があまで仰せであれば、もはやお断り申し上げることはできなかった」

二人のあいだに、長い沈黙が流れた。

しかし、もはやたかとしても、否やを述べる気にはならなかった。いちど大命を拝受すると返事をした以上、取り消すわけにもいかないだろうし、なによりも、天皇が「他に人はいない」とか、「どうか枉げて」と述べたという話を聞いて、同情心をおさえられなくなった。

お上は、何と孤独でいらっしゃるのか——。

「わかりました。お受けした以上、お体に気をつけて、全力で職務に励み、ご奉公申し上げてください」

たかは、老軀《ろうく》の総理を支えるべく、全身全霊を傾けると腹を固めたのだった。

だが、やはり総理になった鈴木を待っていたのは、大変な苦難の道であった。もはや国力は限界に達し、戦争継続は不可能であっても、戦時の指導者として、国民の士気を沮喪《そそう》させるような、弱気な態度を見せることはできない。本土決戦を主張する軍人の怒りを買えば、内閣はたちまちに潰れてしまうだろう。そのような状況下で、政府と軍部の議論を終戦へとまとめていくことは、至難の上にも至難であった。

その苦労の中、沖縄では凄惨な地上戦が行われ、広島と長崎の街は、原子爆弾によって一瞬にして焼き尽くされた。それればかりか、和平の仲介の労をとってもらいたいと願っていたソビエト連邦が一方的に日ソ中立条約を破棄し、宣戦布告してくる事態にまでいたる。それでもなお、連合国の降伏勧告であるポツダム宣言を受諾するか否かをめぐり、両論対立してなかなかまとまりがつかなかった。そこで、鈴木は最終的に、天皇の「御聖断」を仰ぐというかたちで首脳たちの意見をまとめ、ようやく宣言受諾にこぎつけたのである。

のちに天皇は、

「私と肝胆相許《かんたんあいゆる》した鈴木であったから、このことができたのであった」

と回想している。

しかしこのときも鈴木は、終戦を阻止しようとする暴徒に殺されかけた。総理大臣官邸や小石川の私邸を襲撃されたのだ。鈴木とその家族は難を逃れられたが、私邸は全焼している。その後、彼らは親戚や知り合いを頼ってあちこち移転しなければならなかったが、転居先でも不審火があったりするなど、長らく怨まれ、つけ狙われることになる。

なにしろ終戦のときには、クーデターを起こして戦争を継続しようとする一部の軍人が、宮城（皇居）に押し入った「宮城事件」すら起きているのだ。総理大臣が襲われることくらいは、鈴木やその家人たちはもとより覚悟していたわけだが、しかし、大勢について熟慮せず、直情的に実力行使に出る者たちに対するたかの憤りはいやますことになった。

ところが、当の鈴木のほうはそうではなかったらしい。

「私が戦争を終わらせられたのも、あのとき、安藤大尉がとどめを刺さないでくれたからだな。よい青年であったよ」

などと、さもありがたそうに言ったものである。これにはたかは、返す言葉も見出せなかった。


内閣総辞職後、鈴木とたかは千葉県東葛飾郡関宿町に移ることに決めた。

旧幕時代、関宿は譜代大名、久世《くぜ》家の城地で、鈴木家はその久世家の臣だった。鈴木の父、由哲《ゆうてつ》は久世家の飛び地、和泉国久世村（大阪府泉北郡）の一万石の地を支配する代官であったから、貫太郎は慶応三年十二月二十四日（一八六八年一月十八日）に久世村の陣屋で生まれている。廃藩置県後、鈴木家は関宿に移り、さらに由哲が群馬県庁に奉職してからは群馬県前橋に移った。しかしなお、関宿には由哲が暮らした家が残っていたのだ。

だが、関宿で静かに暮らすという夫婦の願いは、延期しなければならなくなる。枢密院議長の平沼騏一郎《ひらぬまきいちろう》が戦争犯罪容疑で占領軍に捕まり、拘置所に収容されたため、昭和二十年十二月、代わって鈴木が枢密院議長を拝命することになったのだ。このころの枢密院の主な仕事は、占領軍から求められた、憲法改正の審議を行うことであった。鈴木が議長を辞したのは、昭和二十一年六月、憲法改正草案が枢密院本会議で可決された後のことだ。

ようやく関宿町に落ち着くことができた二人は、現地に酪農を根づかせる活動に本格的に取り組もうとした。しかし、二人に残された時間は長くはなかった。

二十二年の夏、鈴木は首に悪性の腫れ物をわずらい、これを機に肉体の衰えが目立つようになった。やがて、肝臓癌にも冒され、翌二十三年の四月十七日、親類縁者が観音経を唱和する中、息を引き取ってしまったのだ。数えで八十二歳であった。茶毘《だび》に付したとき、二・二六事件以来、体内にとどまっていた弾丸が、焼け残って見つかった。

亡くなる二月ほど前のこと、みずからの死期を悟った鈴木は、たかに、

「自分の戒名を決めておきたいから、経書を持ってきてくれ」

と頼んでいる。

そして、古典の頁を繰りながら、〈大勇院尽忠日貫居士〉という戒名を作った。さらに、

「おたかにも、作ってやろう」

と言って、〈貞烈院賢徳日孝大姉〉と書いている。

「まあ、立派な戒名ですこと。私にはもったいない」

たかが言うと、病床の鈴木は怒ったように言い返した。

「もったいないことなどあるものか。おたかは、私にはもったいないほどの奥さんだ」

たかは嬉しかったが、照れ臭くもあった。

「私など、美人でも、賢くもなく、気も利かない女ですのに」

「何を言うか。おたかは立派な妻だ。本当によく私に仕えてくれた。まさに〈貞烈〉という言葉がふさわしい……だが、ちょっと〈烈〉に過ぎるきらいもあったがね」

それまでまじめな顔だった鈴木が、にこりと笑った。

「いいかい、おたか、そんなに頑張らなくていいんだよ。私が死んだら、もう自分の思ったように生きなさい」

たかは「それはいったい、どういう意味ですか」と尋ねたかった。しかし、その暇も与えず、鈴木は眠りに落ちてしまった。そしてそれからは、めったに目覚めることもなく、冥土に旅立っていった。

六

夫が亡くなってから二年以上たったその日、たかは久しぶりに関宿から東京に出てきた。訪れたのは、浜町のフランス料理屋、スコットである。

障子戸がある和風の室内に、洋風のテーブルと椅子を置いた個室で待っていると、やがて角刈りの、あまり背の高くない男がやってきた。梅雨もすっかり明けた、晴天の暑い日なのに、どこで借りてきたものか、冬物の、茶色の上着を着ていた。緊張した様子で、おどおどしている。

「門田《かどた》でございます」

と男は名乗った。四十前と思われるのに、日に焼け、汗に濡れた顔には、ずいぶん皺があるように見えた。

「まあ、お座りなさい」

門田はぺこぺこと頭を下げながら、椅子についた。テーブルの上に載せた手は、赤らんで、ごつごつしており、顔以上に歳を取って見える。

「こういう上等なところは、あまり縁がないものでございますから……」

スコットは、かつては海軍士官御用達の店として知られていた。たかも、鈴木に何度か連れてきてもらったことがある。

「お気楽に。緊張なさる必要はありません」

門田は目を伏せ、黙ってしまった。やがて、テーブルに額をこすりつけるようにして、

「私は、鈴木閣下を撃った男であります。なんとお詫び申し上げてよいやらわかりません」

と言った。

門田はひと月ほど前、たかに会いに、にわかに関宿にやってきた男だった。あのときは恐怖のあまり、たかは面会を断ったが、その後、阿南大将の姉に、「やはりお会いしましょう」と連絡を取ったのである。いざ、こうして会ってみれば、門田はしおらしいばかりの人物だった。あの事件のときに会ったということも思い出せない。

「上官の命令に従ったまでとはいえ、当時のことはどうも後味が悪く、いまでもときお

り夢に見ます。ついでがあれば、ぜひ謝りたいと思っていたのでございます。そのため、先日は不躾《ぶしつけ》にも、関宿のお屋敷へも突然にうかがってしまいました」

「それは気にしないでください」

「鈴木閣下のことは、中隊長殿から……安藤大尉殿から、つねづね、立派なお方だとうかがっておりました」

たかの脳裏にはまた、恐ろしいほどに澄みきった、安藤の瞳が浮かぶ。

「中隊長殿は、鈴木閣下のことをたいへんご尊敬申し上げておられました。『あの方は、決して君側の奸などではない。俺は、直接お目にかかったことがあるが、西郷さんのような、大きな人物だ』と、我々部下にも話してくださいました……奥様の前でこのようなことをお話しするのも恐縮ではありますが、兵隊を率いて侍従長官邸に向かわれた中隊長殿は、断腸の思いでおられたものと存じます」

たかは虚しい気持ちになった。たしかに、安藤は鈴木のことを憎んではいなかったがゆえに、部下にとどめを刺すのをやめさせたのだろう。しかし、憎んでいなかったのならば、そもそも襲撃などしなければよかったではないか、と思う。

「安藤さんは、どういう方だったのですか？」

門田は顔をあげるや、訴えるがごとくに言った。

「大変、穏やかな方で、誰からも好かれておりました。部下からも慕われておりました。部下の中に、親が病だと言う者や、妹が身売りしたと言う者がいれば、哀れんで、身銭を切り、援助してやっておられました。中隊長殿ご自身にも家族があり、しかも、それほど多くの俸給を受けられていたわけでもないと思うのですが……あの事件のとき、天皇陛下の討伐命令が下ったとかで、同志の将校のあいだで『もはや下士官と兵を還し、投降しよう』という話になったときも、中隊長殿は、占拠していた山王ホテルから動こうとしませんでした。あくまでも戦い、死ぬと言い張りました。そのとき、私も含め、多くの部下たちが、中隊長殿と運命をともにしようと覚悟を決めていたのでございます」

それから門田は以下のように、あの事件の最後の場面における、安藤大尉の姿について語った。

投降しようと説得する同志に対して、安藤は「僕は今回の蹶起には最後まで不賛成だった。しかるに、ついに蹶起したのは、諸君の固い覚悟を聞いて、どこまでもやり通すとの決心ができたからだ。しかし、僕はいま、何人も信ずることができない。僕は僕自身の決心を貫徹する」と言って聞かなかった。

直属の上官である歩兵第三連隊第二大隊長、伊集院兼信《いじゆういんかねのぶ》少佐が山王ホテルに来て、「安藤、可哀想だから、兵だけは帰してやれ」と説いたときにも、「私は兵が可哀想だから蹶起したのです。投降するくらいなら、私は自決します」と応じた。すると、伊集院少佐は「お前が死ぬなら、俺も自決する。安藤のような立派な奴を死なせねばならんのが残念だ」と言って泣いた。

いや、下士官、兵らも、「中隊長殿、死なないでください」と、すがりつかんばかりの体で訴え、号泣した。

「とうとう中隊長殿も、みなの説得を容れ、部下を解散させることに同意されました。やがて、私たちをホテルの中庭に集め、『吾等の六中隊』を歌わせました……歌が終わった直後、中隊長殿はピストルを引き抜き、みずからの喉に突きつけて、引き金を引いたのであります」

安藤はその後、陸軍病院に担がれ、手術を受けて一命をとりとめている。そして、あらためて銃殺されたことは、たかも聞き知っていた。

「中隊長殿はずっと自決する覚悟でおられたと思います。二月二十六日の早朝、侍従長官邸から引き揚げるときにも、『鈴木閣下を死なせた以上、自分も死ぬつもりだ』とおっしゃっていましたから……若かったのでございます。中隊長殿も、私も。中隊長殿は若くして亡くなりましたが、私は歳を取りました」

まさに若さゆえの所業だと、たかも思った。若かったがゆえに、脇目も振らずに、一つの理想に向かって突き進むことができたのだろう。

「門田さんは、戦争中はどうなさっていたのですか？」

「兵隊に行っておりました。あの事件の後、免官になりましてから、二度、応召いたしました。二度とも支那へ参りまして、終戦の時は、北支におりました……安藤中隊の者たちは、多くが戦争で亡くなりました。しかし、私は生き残りました」

理由もわからず、上官の命令に従っただけであったとしても、叛乱軍に加わった者たちは、概して何度も召集され、そして激戦地に送られたという話も、たかは耳にしていた。

「せっかく生き残ったのですから、戦死した人の分まで、しっかり生きてください」

強い口調でたかは言った。生き残ったことが申し訳ないようにうつむいていた門田は、びくりとして顔を上げる。

「は、はい」

「それで、いまは？」

「知り合いの仕立屋で、見習いのようなことをしておるのですが、歳も歳ですので、物になりますかどうか……」

「何をおっしゃっているのです。あなたは、まだまだお若い。私のような婆さんとは違って、努力すれば、何でもできますとも。あきらめてはいけませんよ」

「いえ、あきらめるつもりはないのですが。坊主のためにも、頑張るつもりでおります」

「坊主？」

「復員いたしましてから、子供ができまして、頑張らんわけにはいかんのです」

子供について語り出すや、くたびれ、くすんでいた門田の瞳に、光が宿った。それは、あの安藤大尉の目のように澄んだものながら、はるかに温かみがこもって見えた。顔つきも、さっきよりずっと若返ったようだ。

「本日は、奥様にお会いできて、胸がすーっといたしました。長年の痞《つかえ》が下りたようで、本当によかったです。一つの区切りをつけることができたようです。ありがとうございました」

「それはよかった。生きていたから、お互い、こうしてお話ができたのですね」

「ところで奥様、どうして、私などに会ってくださったのでしょうか？」

先日は冷たく拒絶したたかが、突然、態度を変えたことが不審なのだろう。たかは苦笑しつつ、訥々《とつとつ》と語り出した。

「主人は変な人でしてね、自分を殺そうとした相手すら怨まず、かえって褒め称えるほどでして。だけど、安藤さんに対してもそうでしたよ。それが、私にはまったくわかりませんでした。だけど、主人が死んでから、『私はあの人の妻なのだから、あの人の心持ちに少しでも近づかなければならない』と思って、一生懸命、頑張ったのです。でも、やはり私にはわかりませんでした。安藤さんのことも憎かったし、安藤さんといっしょに主人を襲いにきた人たちのことも、憎いばかりでした……でもこのあいだ、主人の位牌の前で〈念彼観音力　衆怨悉退散〉と唱えていたときなのです。生前の主人から、『お前は〈烈〉に過ぎる。そんなに頑張らなくていい』と言われたのを思い出しました。その途端、主人のことをわかろうとするのをあきらめました」

門田のぽかんとした顔つきを見て、たかは声を出して笑ってしまった。

「あんな大きな心の人のことを理解しようとしたら、観音様にでもならなければならないと思ったのです。そんなことは、私にはとてもできませんから、もう頑張るのはやめることにしました。『私も相当な婆さんですので、あとは好きなように生きることにします』と、位牌の前で言いました。そうしたら、不思議なことに、あなたに会ってみたくなりました」

なおも、門田は要領を得ない様子でまばたきを繰り返している。しかし、それはたかにとって、大した問題ではなかった。

「今日は、私もあなたにお会いできてよかったです。あなたの綺麗な目を見ることができました。あなたの目は、温かくて、やさしくて、とても澄んでいます」

まじまじと見られ、眩しそうな表情をしていた門田だったが、やがて言った。

「いや、奥様もまた、優しい、澄んだ目をしていらっしゃいますよ」

「そうですか。私にとっても、今日は区切りになったようでございます」

二人はそれから、しばらくくつろいで歓談した。「こんど、また関宿にいらっしゃい。牛をいっぱい育てているのですよ」とたかが言うと、「いずれ、ぜひまたうかがいます」と門田も答えている。

さきに店を出たのは、門田のほうだった。冬物の上着の背中を見送りながら、たかは心中で、亡き夫に語りかけていた。

あなた、これからは好きなように生きることにしますよ。関宿の酪農事業も、私自身の楽しみとしてつづけていきます。もう、寡婦の婆さんなのですから、と。

転向者の昭和二十年

一

広い土間の竈《かまど》には、大きな釜が火にかけられていた。そのそばで、痩せて背の高い、下駄履きの男が、汗まみれで、立ったりしゃがんだりを繰り返している。つるつるに剃りあげた頭に手拭いを巻き、薪をいじって火加減を調節したり、蓋《ふた》から吹き出す湯気の様子を見ているのだ。

窓の外は真っ暗だった。まだ午前四時前で、九月の雨が山の木々を騒《ざわ》めかせている。

やがて、釜を火から下ろした。しばらく蒸らしたのちに蓋を開けてみれば、電球の小さな光でも、米がふっくらと炊けていることがわかった。男は眼鏡を曇らせながら、篦《へら》で中身をかき回す。底にほどよいお焦げができているのも旨そうだ。

そのとき、土間に入ってきた者がいた。男ははっとなる。

「あ、老師……おはようございます」

老師は数えで七十六歳だ。目が不自由ながら、勝手知ったる場所だ。下駄を突っかけ、すたすたとそばへやってきた。

「できたか？　俺に少しつまませろ」

老師の名は山本玄峰《やまもとげんぽう》という。静岡県三島市にある、この臨済宗妙心寺派の禅道場、龍沢寺《りゅうたくじ》の住職だ。日々、厳しい修行に打ち込んでいることを誇るかのような、男臭い雰囲気を醸《かも》す禅僧も多いが、玄峰はまるで違った。その体は小柄でなよやかに見え、肌は歳の割に白く、艶《つや》やかだった。

しかしそれでも典座《てんぞ》、すなわち調理担当の雲水は、老師の前では非常に緊張した。慄《りつ》然《ぜん》としながら、箆の先についた飯を玄峰にさし出す。

玄峰は、やや焦げが混じった飯粒を指でつまみ、口に含んだ。

「田中《たなか》、やっと殺生《せっしょう》せんようになったな」

それだけ言うと、老師は去っていった。

田中と呼ばれた雲水は三十代半ばながら、入門からまだ三月ほどしか経たない新参者だ。典座を命じられたものの、調理経験はなかったし、仏寺の庫裏《くり》（台所）においては、たくさんの修行者の分をいっぺんに作るために、一般の家庭では見たこともないような大釜を使う。だから、まるで勝手がわからず、田中は失敗ばかりしていた。焦げたり、生煮えになったりした飯を食わされる他の雲水たちからは怨まれ、玄峰には「もったいないこっちゃ。あんたは殺生しとるな」と叱られた。

玄峰の言う「殺生」の意味が、田中にはずっとわからなかった。米を黒焦げにしてしまったとしても、鳥獣を殺しているわけではないではないか、と思っていたのだ。しかしその日、玄峰に「やっと殺生せんようになった」と言われたとき、合点がいった。どんな物でも、その持ち味や価値を生かせなければ殺生なのだ、と。

その日一日、田中は何だか機嫌が良かった。ささやかではあっても、老師に認められたような気がしたからだ。「禅の教え」についても少しばかりは会得したのではないか、とすら思った。午後の勤行《ごんぎょう》のために、墨染の絡子《らくす》に身を包み、濡れ縁を伝って本堂へ向かうときも、いつもより晴れやかな気分だった。

やがて田中は、庭で草むしりをしている者を見つけた。明け方の雨はすっかりやみ、明るい日差しが降り注ぐ中、藁帽子《わらぼうし》をかぶり、作務衣《さむえ》姿でしゃがんでいる。三十路《みそじ》を少し越えたばかりの女だった。

女のほうも、田中に気がついて顔をあげた。いつもは顔を合わせても、田中はそっけなく会釈をするばかりだったが、そのときは微笑《ほほえ》みかけていた。すると、彼女も笑顔を返した。


勤行の後、田中は玄峰に呼ばれた。焼香の匂いが立ちこめた、狭い座敷で対座するや、玄峰は問うてきた。

「精進しとるか?」

「自分なりに精いっぱいにはやっておりますが、まだまだ、いたらないところだらけです」

田中の前歯はほとんどが折れたり、欠けたりしている。だから喋《しゃべ》ると、すーすー息が漏れた。

「そうか、精進しとるか。それなら、よいわな。ところで、あんたは何のために龍沢寺に入ったんやったかいな？」

これは、田中が入門を願い出たときにも老師から質されたことだった。田中が「修行を通じ、どうすれば人の役に立つ生き方ができるかを究めたいのです」と答えたのに対して、玄峰は「ああ、それは奇特なこっちゃな」と言って、入門を許してくれた。

米をうまく炊けなければ殺生であるのと同じように、俺という男の身命を世のために生かせなければ、やはり殺生だ――。

前歯がないながら、できるだけはっきり話そうと努めつつ、田中は言った。

「世のため、人のためにお役に立ちたいと念願して参りました」

玄峰は怒声をあげた。

「お前はまだわからんのか。わしは世のため、人のためにと念じて修行したことは一度もない。みんな自分のためにやっているんじゃ」

老師の叱声はまさに青天の霹靂《へきれき》であった。

田中は、学生時代は空手部に属し、腕っ節にもそれなりに自信があった。相手が多少の気合いの声を発しても、おびえるようなことはない。しかしこのとき、田中は震えあがった。

ふだんは穏やかで、白く、小さい老師だが、いざ鞭撻《べんたつ》の咆哮《ほうこう》をあげれば、その響きはすさまじい。田中は以前に、玄峰の喝に打たれた雲水が卒倒したところを見たこともあった。

今朝方、やっと殺生しなくなったと言われ、得意になっていた田中の自我は、玄峰の喝によって粉微塵《こなみじん》になった。

薬石《やくせき》（夕食）のあとの座禅のとき、田中は悶々としていた。禅定《ぜんじょう》も何もあったものではない。昔の辛かったことや、先行きの不安などが頭の中につぎつぎと湧きあがって、ほとんど泣きたい気分になった。

警策《けいさく》を持った玄峰が、目の前を通る。これではいかん、また叱られる、とびくびくしながら雑念を追い払い、集中しようとするのだが、いつも以上にそれは難しい。やがて、田中の脳裏には、一人の女の姿があらわれた。庭で草むしりをしていた女だ。微笑んでいる。

ひで——。

胸中でその名を呼んだとき、堂宇をゆさぶるがごとき老師の声が響いた。叱られた、と田中は思って、全身を硬直させた。

しかし、勘違いであった。玄峰は笑ったのだった。体を震わせ、大声で笑いつづける。

その日は土曜日で、雲水たちにまじって、在家の人々も参禅していたが、誰もが呆気《あっけ》にとられ、瞠目《どうもく》した。座禅の最中に、老師がこのような笑い声をあげることははじめてだった。

ようやく笑いをおさめた玄峰は、目元を指で拭いながら言った。

「いやあ、すまん、すまん。捕まえるほうと捕まえられるほうとが一緒に座っていると思うと、おかしくなってきてしもうてな」

それからまた、玄峰は言葉に笑いを含ませる。

「わしの寺は乗り合い舟じゃな。村の婆さんも来れば、乞食も来る。大臣や警察も来れば、共産党も来る。みな、同じ乗り合い舟のお客様じゃ」

田中はふと左へ目をやった。隣に座っていたのは、四十過ぎの在家の男であった。内務官僚で、かつて警視庁の特高部長を務めたこともある菊池《きくち》盛登《もりと》だ。田中と目を合わせた途端、菊池はにっこりと笑った。彼は玄峰が言うところの「捕まえるほう」である。

そして、「捕まえられるほう」は田中だった。

田中はかつて日本共産党の委員長を務め、治安維持法違反で検挙されて無期懲役の判決を受けていた。そして十一年間近く獄中で暮らしたのち、皇紀二千六百年の恩赦で、この年、すなわち昭和十六年（一九四一）四月の天長節（天皇誕生日）に出獄したのだった。

その夜、玄峰は菊池ら在家の参禅者たちと酒盛りをした。あまり酒を飲まない田中も、師に同席を命じられた。

本来、「葷酒《くんしゅ》山門に入るを許さず」のはずだが、玄峰は酒豪として知られた。彼のもとには、政財界をはじめ、各界の要人たちがその薫陶を求め、しばしば酒瓶をたずさえて訪れており、一種のサロンのようなものが築かれていた。

玄峰は慶応二年（一八六六）、紀伊国（和歌山県）東牟婁《ひがしむろ》郡《ぐん》の湯の峰で宿屋を営む西村家に生まれたが、後に農家の岡本家に貰われている。やがて眼病を患い、その平癒《へいゆ》のために四国でお遍路をしているとき、力尽きて倒れたところを、高知は雪蹊寺《せっけいじ》の山本太《やまもとたい》玄《げん》和尚に拾われ、得度《とくど》したという。

玄峰の誕生には妙な逸話がある。両親は彼を間引くべく、生まれ落ちるやすぐに桶に伏せて一昼夜捨て置いたのだが、「男の子なら後々、力仕事をさせられるではないか」と翻意をうながす者がいて、また拾いあげてみた。赤子はすでにぐったりし、冷たくなっていたが、焼酎を吹きかけてみたところ、蘇生した。そしてそれが機縁となって、玄峰は長じて酒豪となった、というのだ。いくら何でもでき過ぎた話だが、玄峰自身も、これを得意げに周囲に語って聞かせることがあった。

大勢の人に慕われ、「猪口《ちょこ》などでは邪魔くさい」と言って、茶碗で酒を飲みつつ話に興じる玄峰の姿を見ながら、田中はつくづく自分のいたらなさを思った。

玄峰は「自分が修行をするのは自分のために過ぎない」と言っていたが、しかし、多くの人々の役に立っていた。それに引き換え自分は、「人の役に立つために修行する」などと言っておきながら、僧堂での日常の身のこなしもろくにできず、師や先輩に叱られてばかりだった。

「しかしですな、もしアメリカやイギリスを相手に戦をするとなれば、日本にとっては大変なことですぞ」

出席者の誰かが言うのを聞いて、田中は我に返った。

昭和十二年以来つづく支那事変（日中戦争）のせいで、中国大陸の権益をめぐり、日本はアメリカ、イギリスとの対立を深めていた。アメリカはイギリスやオランダなどとともに、次第に対日経済制裁を強め、窮地に立たされた日本は、ヨーロッパで力をつけるドイツに接近していった。

昭和十四年に第二次世界大戦が勃発し、ドイツがフランスを蹂躙《じゅうりん》すると、昭和十五年、日本は資源確保と「援蔣《えんしょう》ルート」遮断の目的で、フランス領インドシナ（仏印）の北部に軍を進駐させ、また、ドイツ、イタリアと日独伊三国同盟を結んだ。さらに、昭和十六年の七月には、南部仏印にも軍を進駐させた。これに対して、アメリカはとうとう八月、日本への石油の輸出を全面禁止する措置に出た。

ときの近衛文麿《このえふみまろ》内閣は、アメリカとの関係改善に向けて必死の交渉をしているようだが、新聞報道などを見るかぎり、それは易しいものとは思われなかった。このままゆけば、やがては石油の備蓄はなくなり、日本は破滅しなければならないから、その前に戦争で決着をつけるべきだという声も、各方面で高まっている。

「いや、戦争にはならんだろう」

と、いささか暢気《のんき》に過ぎるようにも思える口調で言ったのは、菊池だった。

「厳しい情勢ですがね、そう簡単に米英を相手に戦争などはできるものではない。それにね、このあいだ陸軍の高官と話したのだが、その方は大いに困惑しておったんだ。『陛下があのように慎重では、困ったものだ』ってね」

天皇や、その周囲に侍《はべ》る宮中勢力や重臣たちが、あくまでも戦争を回避し、外交交渉で解決すべきだと考えているようでは、陸海軍将兵の覚悟も定まらない。そのように言って、件の高官は怒っていたという。

「どんなに軍人が戦だ、戦だ、と言ったって、大元帥が駄目だと仰せならば、やはり遠慮せざるを得ないだろう。詔《みことのり》を承って動くのが軍人なんだからね」

菊池は真っ赤な顔で、丸眼鏡の奥の目を細めて言う。玄峰もほんのりと笑いながら、菊池の話を聞いていた。

そういうものか——。

菊池がにわかに、田中に話を向けてきた。

「ところで田中君、将来はどうするのかね？」

「いまは、修行の身ですから……」

ちらりと玄峰のほうをうかがいながら、田中は曖昧に言った。目が不自由な老師であるが、こちらの心中を見透かされているような気がした。

とりあえずは玄峰のもとで必死に修行しようとは思っている。しかし、正直なところ、もうそれほど若いわけでもないから、できるだけ早く仕事を見つけなければならない、という焦りもあった。

「それはそうだが、君は奥さんもいる身なんだ。もう道を誤ってはいけないよ」

「わかっています」

田中の妻とは、ひでであった。すなわち、男だらけのこの寺の境内に暮らす、あの女だ。彼女もまた、かつて刑務所に入れられていた前科者であった。

二

田中清玄《せいげん》は明治三十九年（一九〇六）、北海道は函館近郊の亀田郡七飯村《ななえむら》に生まれた。清玄の本来の読みは「きよはる」だが、周囲に有職《ゆうそく》読みで呼ばれるうち、のちにみずからも「せいげん」と称するようになっている。

田中には、父の記憶はほとんどなかった。彼は、札幌の市立病院で看護婦をしていた田中アイと、同病院に肺結核で入院していた、札幌郵便局職員の伊藤幸助《いとうこうすけ》とのあいだに生まれた。しかし、アイと幸助は相思相愛の仲ながら、お互いの両親の反対のゆえに、正式な結婚はできなかった。

アイは子供のなかった養父母、田中清造《せいぞう》とタヨ夫婦に貰われた身であったため、田中家の跡取りを婿に取るよう求められていた。いっぽう、幸助も伊藤家の一人息子で、嫁を取って家を継がなければならない。こうした当時の倫理観のゆえに、二人はしばらく同居したのち、別れることになったのだ。しかし、実家に戻ったアイは身ごもっていた。その子が田中清玄である。以降、母アイは看護婦や助産婦として働きながら、田中を養育した。

アイの実母の家系は、江戸期の大名、会津松平《まつだいら》家において、家老や番頭、側役などを輩出した名門の田中家に連なっている。清玄の「玄」の字も、その田中一族が代々受け継いできたものだ。

会津松平家は徳川将軍家の「御家門」だが、幕末の当主、松平容保《かたもり》は京都守護職に任じられ、佐幕派の中心人物として活躍した。その結果、倒幕勢力の憎しみを一身に引き受け、戊辰戦争では朝敵の汚名を着せられて、官軍に攻め潰された。

会津二十三万石の領地は没収された後、明治二年になって下北半島などに表高三万石で御家再興が許された（斗南藩《となみはん》）。しかし、そこは痩せた土地で、実高はその四分の一ほどであったと言われる。移住した家臣たちは困窮し、廃藩置県後は四散した。田中の母の祖先も、新天地に活路を求めるべく、北海道に移住した。

田中は父のいない家で育ちながらも、母によって名に「玄」の字を与えられ、会津の名家の誇りと同時に、朝敵の汚名を着せられた怨みをも植えつけられた。ゆえに、田中はそもそも小さいころから、薩長藩閥政府によって築かれた近代日本を好きにはなれず、世の中を斜めに見る癖がついていた。

しかも、彼の青年時代である大正から昭和初年の日本においては、貧富の格差が深刻化し、小作争議や労働争議が各地で頻発した。第一次世界大戦中の大正六年（一九一七）に起きたロシア革命によって世界初の社会主義政権、ソビエト社会主義共和国連邦が成立したこともあって、インテリ青年たちのあいだではマルクス主義の文献を読むことが流行した。

よって、田中が左翼運動に染まり、国家体制の改変を目指すようになったのは、ある意味では自然な流れであったと言えるかもしれない。旧制弘前高校から東京帝国大学文学部美学科へと進んだ田中は、左翼系学生の思想運動団体である新人会に属し、昭和二年（一九二七）九月には日本共産党に入党した。

平成の時代になってのことだが、彼は自分の人生についてのインタビューを受け、それが『田中清玄自伝』として出版された。そこで語られたのは、国際的なエネルギー取り引きや、中国共産党の実力者、鄧小平《とうしょうへい》、オーストリア＝ハンガリー帝国の皇太子であったオットー・フォン・ハプスブルク、ノーベル経済学賞受賞者のフリードリッヒ・フォン・ハイエクらとの交流など、世界を股にかけた、非常にスケールの大きい活躍の数々である。この上なく痛快で面白い読物なのだが、田中の過去や為人《ひととなり》を知る人々のあいだからは、「大法螺《おおぼら》吹《ふ》きめ」という批判の声もあがった。

実は、田中が法螺吹きだという評判は、幼少期からのものらしい。母や祖母は「父のいない可哀想な子」と思ってか、田中に対して甘やかしがちなところがあったようだ。そして、そのような家庭環境で腕白に育った田中は、しばしばデタラメな話をして、大人に眉をひそめさせた。そのことを、「人を楽しませたいという、サービス精神のゆえだ」と好意的に評価する者がいたいっぽう、「あれは周囲の者を軽く見て、馬鹿にしたり、からかったりするために法螺話をしている」と非難する者もいた。

しかしいずれにせよ、彼の法螺話の才は、人々に「革命近し」と説いてまわる政治的煽動には大いに役立った。共産党中央から、京浜地区の工場などにおいて「細胞」（党の末端組織）を作るよう命じられた田中は、非常な力を発揮した。当人もほとんど授業にも出ず、細胞作りに没頭した。

だがこの当時は、政府当局が共産党を非常に敵視し、激しい弾圧を加えた時代でもあった。大正十四年にはそのための治安維持法も成立している。

背景には、まずはソ連とのあいだで国交を正常化させる、日ソ基本条約が同年に結ばれたことがあげられる。ロシア革命後、共産主義の拡大を恐れるイギリス、アメリカ、フランス、イタリアなどの国々とともに、日本はロシア内戦に干渉し、大正七年にはシベリア出兵を行った。各国のうちでも、日本は最も長く、大正十一年まで出兵をつづけたが、このころにようやく国交樹立に方針転換したのである。だがそのことは、共産主義が国内に浸透する危険性が高まることをも意味した。

当時は、世界各国の共産主義運動を指導するコミンテルン（共産主義インターナショナル）が組織されており、日本共産党の幹部たちも、コミンテルンから多額の資金を受け、また運動方針などについて指導を仰いでいた。たとえば、コミンテルンは昭和二年には、日本に関する「二七年テーゼ」を決定しており、以降、日本共産党もそれに従って、「天皇制廃止」を明確に打ち出した。日本の国家権力が、全力をあげて共産党を取り締まろうとしたのも当然と言えた。

当局の警戒が高まったもう一つの理由は、この同じ大正十四年の三月に、いわゆる「普通選挙法」が成立したことにあった。衆議院議員選挙法が改正され、基本的に二十五歳以上の男子に選挙権が付与されることにより、それまで三百万人余りであった有権者の数が約千二百四十万人へと、一気に四倍となったのだ。これは国民の政治参加の道を広げ、議会を中心とした政党政治の力を強めるいっぽうで、議会制度を暴力的に破壊しようとする勢力の動きをも活発化させかねない事態と言えた。

そもそも、ロシア革命を達成したウラジーミル・レーニン率いるボリシェビキは、議会制度などというものは、プロレタリアート（無産階級）の敵たるブルジョワジー（有産階級）に資するものに過ぎないと考えていた。共産主義者が議席を有するとしても、それは議会を破壊する手段にほかならないのだ。

よって、ときの加藤高明《かとうたかあき》（憲政会総裁）内閣は、普通選挙法と同時に、治安維持法を成立させた。これは国体の変革や私有財産制の否認を目的とした結社の組織や、それへの参加を取り締まる法律である。同法はのちに、最高刑が十年以下の懲役または禁錮から死刑に改正されたり、適用範囲が拡大されたりしたこともあって、いまでは非民主的な「稀代の悪法」と呼ばれている。しかしこれは、政党政治家が、言論と民意によって政治を進める議会政治を擁護すべく成立させた法律でもあったのである。

この治安維持法に基づいて、当局は日本共産党を徹底的に取り締まった。中でも、第一回普通選挙が実施された直後の昭和三年三月十五日に千五百人以上が一斉検挙された「三・一五事件」と、翌四年四月十六日に約七百名が検挙された「四・一六事件」が有名である。

その間、もちろん田中も何度も警察に引っ張られている。三・一五事件のときには、新人会の合宿所にいたところを連行されたのだが、何を聞かれても、

「私は何も知りません。共産党なんて、まったく関係がありません」

と白《しら》を切り通していたところ、翌日には、

「君らは学生なんだから、あんなものに入っては駄目だよ」

と諭され、帰されている。

当時、高校生や大学生は、ごく一握りのエリートであり、将来を非常に嘱望されていた。警察当局においても、彼らが「若気の至り」で共産主義思想にかぶれたとしても、できるだけ穏便にすましてやりたいと考える者が多かったものと思われる。

同年の十月には横浜で逮捕されたが、このときは磯子署に二十九日間も勾留された。十一月に京都で昭和天皇の即位の大礼が挙行される予定となっており、その警備に忙しかったためか、警察側はろくに尋問もせず、田中を留置場にほったらかしにしておいた

のだ。監視も杜撰《ずさん》だったようで、結局、田中は警察署の窓から、工事現場の砂山の上に飛び降りて逃げてしまった。

共産党は摘発によって壊滅させられた後、再建されてもまたすぐに壊滅させられるのを繰り返した。その一番の原因は、党中央が作成させた党員やシンパの名簿を、当局側に押さえられたことにある。幹部を捕まえて自白させたり、またアジトにスパイを潜入させたりして名簿さえ手にしてしまえば、たやすく一網打尽にできるわけだ。

磯子署から逃げた後も、田中は東京地方第三地区（月島から本所、深川、小石川、本郷、神田、市電の新宿・淀橋など）の責任者として、細胞作りに励んだ。その間、党中央はまたもや、担当地区の所属党員名簿とアジトの一覧を提出せよと指示してきたが、田中は断りつづけた。そして、四・一六事件が起こり、今度も共産党は壊滅状態に陥った。

しかし、この四・一六事件が、田中の運命を大きく変えることになる。名簿作りを拒んでいた結果、田中が担当する東京第三地区の組織だけが唯一摘発を免れ、無傷で残ったためだ。

事件後、一人の男が、新人会人脈を通じて田中に接触してきた。佐野博《さのひろし》といって、田中より一つ年上の、当時二十五歳である。大分県出身で、鹿児島の第七高等学校から京都帝国大学経済学部へ進んだものの中退し、大正十五年にはソ連に渡っていた。そして、この一月に帰国したばかりだった。

コミンテルン本部が置かれたモスクワには、各国の革命指導者を養成する教育機関があった。他の多くの日本人が留学したのはクートベ（ＫＵＴＶ、東方勤労者共産大学）だが、佐野が学んだのは、それより上位の、最高幹部養成学校たる国際レーニン学校だった。つまり、佐野は世界の革命家の中でもエリート中のエリートと言えた。

その佐野が極秘に田中に接触し、

「君が党の委員長をやってはくれないか」

と持ちかけてきたのだ。

末端の運動員として細胞作りに励んできた田中にとって、それは驚嘆すべきことであった。しかしどうやら、残った組織は自分のところだけのようだし、佐野はエリートとは言え、帰国したばかりで日本の事情には疎《うと》い。よって、自分が先頭に立って党の再建を行わなければならないとの覚悟を田中は固めることになる。

当局が監視する中、苦労してコミンテルンと連絡を取り、正式な党としての承認を得た田中たちの新生・日本共産党は、武装方針を取る。このころのコミンテルンは、合法的に大衆運動を起こし、議会における政治勢力を拡大して、もって社会主義的な改革を実現しようとする合法無産政党や社会民主主義者を厳しく批判していた。そして、官憲の暴力に対しては武装して自衛し、革命を実現させるべきだとの方針を掲げていた。

この方針に基づき、上海に置かれたコミンテルンの極東ビューローや中国共産党を通じて、田中たちはピストルなどの武器を入手した。そして、昭和五年の間に、ピストルや刃物、鉄棒、石をくるんだ手拭いなど、様々な武器を使った、警察官に対する傷害事件を全国で二十件も起こした。傷ついた警察官は計二十五人で、そのうち一人は死にいたらしめている。いわゆる「武装共産党時代」の到来である。

しかし、こうなればもちろん、官憲の包囲網はますます狭まることになる。しかも、田中たちを助けてくれる人は、社会に誰もいなかった。コミンテルンの指導の下、自分たち以外の左翼的な個人や団体を批判した結果、それまでシンパだった勢力との関係を断ち切ることになってしまったのだ。その上、凶悪犯罪を繰り返し起こしたことで、一般大衆にもそっぽを向かれた。

孤立無援となった田中たちの活動は、苦しいものであった。千葉や伊豆、長野、兵庫、和歌山など、次々とアジトを変え、日本全国を転々とする生活がつづいた。家主には、一学生の病気療養のためだなどと嘘をついて家を借りておきながら、そこに何人もの仲間が集まって暮らすわけだから、嘘が露見しないよう、昼間は一人ずつ出かけるようにし、排泄物は夜間にこっそりどこかへ捨てに行った。コミンテルンとの接触もままならず、資金も断たれたため、彼らは極貧生活を送った。みな茶絣の着物を着たきりにし、破れた毛布にくるまって寝た。一日二度の食事もとれなくなって、野良猫を捕まえて食べたこともあった。

この追い詰められた革命家たちのうちに、ひでも加わっていた。

旧姓を小宮山《こみやま》といい、長野県南佐久郡の農家の生まれである。彼女の兄は小宮山新一《しんいち》といって、東京帝国大学の医学部に進み、一年後輩の田中とともに新人会で左翼活動をしていた。やがて、関節カリエスにかかったひでも、その治療のために東京に出てくることになった。そして、兄を手伝ってビラを貼ったりなどするうち、彼女もまた左翼活動にのめり込んでいくことになった。

昭和五年二月には、ひでは田中や佐野、および他の二人の男性とともに、和歌山県は和歌浦のアジトに隠れていた。しかし、その周囲にも官憲らしき者がうろつくようになった。

田中と佐野は他の三人に次のように指示した。

「顔を知られた俺たちは町に出て行くわけにはいかないから、いまのうちに裏山から逃げる。君たちも、今晩中にはここを引き払えよ」

すでにそのときには、田中とひでは密かに男と女の関係になっていた。しかし、ひでと別れてアジトを出て行くに際して、田中は湿っぽいことはいっさい言わなかった。

「革命戦士に男も女もないぞ。いざというときは、わかっているな？」

もともと華奢《きゃしゃ》な体つきであった上に、栄養不足からさらにやせ細ったひでは、懐からリボルバー式の拳銃をとり出して見せた。重いので落とさぬよう、彼女は銃把《じゅうは》の金輪に帯締めの赤い紐《ひも》を通し、その先を帯に結びつけていた。

「警官が来たら、そいつをかまわずにぶっ放すんだぞ。警官を殺《や》れば殺るほど、それだけ革命の日が近づくんだ」

いつものように、田中は勇ましい言葉を述べた。

まともに風呂にも入れないでいるため、垢まみれになった鼻のまわりに皺を寄せて、ひではにこりと笑った。しかし、その目にどこか白けた色があるように見えた。

「どうした？　びくついているのか？」

「兄と父が口論になったことがありましたよ」

ひでは笑みを強めた。

「『学生の分際で、アカになど走るな』って怒鳴った父に、兄が『すぐにも革命を起こして、苦しんでいる、弱い人々を救うんだ』って言い返して。私、それを聞いて、弱い人が救われる世の中になったら本当によいな、って思った」

ひではなおも笑顔だったが、田中は彼女に責められているように感じた。これほど孤立し、食い詰めながら、よくも「革命の日が近づく」などという話を臆面もなくできるものだ、と。

ぞっとして、田中は目を逸らした。そして、佐野とともに、すぐにアジトを後にした。

残された三人は明け方までかかって荷物をまとめ、しばらく仮眠を取ることにしたが、その間に、警察に踏み込まれた。

玄関近くの部屋で寝ていたひでは布団の上からのしかかられたが、紐でピストルをたぐり寄せ、一発、ドスンッと発射した。しかし、やみくもに引き金を引いただけだったから、弾は当たらず、すぐに腕をひねられ、手錠をかけられてしまった。
奥の部屋で寝ていた二人も、自動式拳銃を二十発余も撃ち、抵抗したものの、やはり逮捕された。警察のほうは腹に晒木綿を巻き、その上から剣道着を着た二十四名の決死隊を結成した上、さらに周囲を、別の五十名が取り囲むという物々しい態勢を取っていた。決死隊のうち、三名が肱《ひじ》や首、胸などを撃たれたが、命に別状はなかった。

その後、佐野も、そして田中も逮捕される。

田中が逮捕されたのは、その年の七月、東京は祖師谷のアジトにおいてであった。警察に踏み込まれたとき、拳銃は隣室においてあったため、田中はとっさに庭へ逃げた。六尺（約一・八メートル）ばかりの塀をよじ登り、飛び越えたところ、溝に落ちた。そこへ、待ちかまえていた警官隊が殺到し、田中は取り押さえられたのだった。

三

逮捕された後、取り調べにおいて田中はひどい拷問を受けた。

現在でも人権侵害に当たるような、違法な取り調べが問題にされることがあるが、当時ははるかに、世の人権意識は低かったと言わざるを得ない。しかも、複数の警察官が田中らのせいで傷ついており、中には命を奪われた者もいたのだ。田中のほうも、警察官や検察官に対して「権力の犬どもめ」と見下し、挑むようなふてぶてしい態度を貫いたこともあって、尋問する側は憎しみや復讐心をむき出しにした。

田中は縛られ、さんざんに殴られた。そしてその結果、前歯の多くを失った。結局、彼は治安維持法違反で無期懲役の判決を受けた（のちに懲役十五年に減刑される）。

田中が東京の小菅刑務所に収監されたいっぽう、ひでは京都の宮津刑務所に服役した。そして二人は、獄中で結婚する。田中が結婚したいと申し出、それをひでは受けたのだ。

求婚するに当たり、田中はひどく逡巡《しゅんじゅん》した。ひでのほうは比較的早くに出所できるだろうが、自分は生きているうちには出所できないかもしれない。一緒に暮らせるかどうかもわからないのに、結婚などしても仕方がないではないか、とも思ったのだ。

こちらの底の浅さを見抜いているようなひでの表情を思い出すと、田中は恐ろしさや恥ずかしさと同時に、不思議な安堵もおぼえた。彼女の前ではいっさいの衒《てら》いを捨て、素っ裸でいてもかまわないような気もしたのだ。悩んだ揚げ句に結婚を申し出たところ、ひではすんなり承知してくれた。

結婚した翌年の昭和九年三月、田中は転向声明を発した。いや、実は田中だけでなく、このころ、かつての共産党員が獄中で相次いで転向を表明している。

当時、特高刑事や思想検事の中には、「思想犯に死刑なし」という方針を堅持し、温情をもって犯人を改心させようとする者が少なくなかった。実際、内地（日本本土）においては、治安維持法違反で死刑になった者は一人もいないのだが、彼らは受刑者の家族や、刑期を終えて釈放された者のその後の生活の面倒まで見ていた。そうした刑事や検事とじっくりと語り合ううち、共産党員たちは考えを変えていった。社会主義的改革を目指すにしても、暴力的に国体を改変しようとするのではなく、あくまでも合法的な手段をとる方針に転換していったのだ。

田中も、悩み抜いた上で転向声明を発した。その最大の理由を平たく言えば「コミンテルンに振り回されることに疲れた」ということだった。田中たちが武装方針を取ったのは、コミンテルンの指示に従ったせいだが、彼らが逮捕されたあとの一九三二年にコミンテルンが発表した「三二年テーゼ」は、田中たちの行動を「極左冒険主義」と批判していた。田中に言わせれば、コミンテルンにはまるで節操がなかった。

当時のコミンテルンの方針がころころと変わったのは、スターリンが権力を強め、独裁体制を確立していく時期と重なったためだと言える。

レーニンの死後、モスクワで集団指導体制が敷かれる中、スターリンはまずは左派と組んで右派を追放し、それに成功すると、今度は右派と組んで左派を打倒するというやり方をとり、敵対者を排除していった。スターリンにとっては右派や左派などの思想的な立場は、権力闘争の手段に過ぎなかったわけである。

スターリンがモスクワで権力闘争を繰り広げる過程で、コミンテルンの方針も左へ、右へ、そしてまた左へというように、目まぐるしく振れた。そしてそれに、日本共産党も振り回されることになったわけだ。しかし、モスクワはつねに正しく、間違いを起こさない建前となっており、その指令を受けて失敗したほうはモスクワから徹底的に批判される。そのことに、田中は心底うんざりしていた。

もう一つ、田中の転向に影響を及ぼしたのは、母アイの自殺だった。先にあげた『自伝』において田中は、アイは腹を切って死んだ、と言っているのだが、インタビュアーの大須賀瑞夫氏がのちに調べたところ、事実は服毒自殺であったとのことである。これもまた、田中一流の〈法螺〉ということだろうか。

いずれにせよ、自分の息子が「アカ」になって、世間に顔向けができないと思いつめたアイは、三度も自殺を試みている。助産婦であったアイの身近には、いろいろな薬品があったが、一度目は点眼用の硝酸銀を飲み、二度目は睡眠薬を飲んだ。しかし、アイの家には住み込みの弟子たちがいたため、二度とも早めに発覚し、助けられている。

だが、アイの意志は固かった。図らずも朝敵の汚名を着せられた会津武士の子孫が、本当に天皇に刃を向けたことが許せなかったのか。あるいは、自分の死によって、息子を改心させようとしたのか。動機の真相は定かではないが、三度目に彼女は昇汞錠《しょうこうじょう》を飲んだ。

昇汞錠は昇汞（塩化水銀）と塩化カリウムを混ぜて作られた猛毒だが、水で薄め、医療機器の消毒などに用いられる。アイは一箱分の昇汞錠を七百ccの水に溶かし、全部飲み干した。弟子に見つかったときには飲んでから数時間が経過しており、もはや手当ての施しようがなかった。彼女は腹痛に悶《もだ》え苦《くる》しみながら、息を引き取った。田中が捕まるより五ヶ月ほど前の、昭和五年三月のことである。

家族のことで心を悩ますなど、革命家として不徹底、不覚悟だ——。

当初はそのように自分を責めつつも、やはり田中にとって、母の死はこたえた。

田中の母は、信心深い人であった。社寺の神前や仏前で熱心に手を合わせ、倅《せがれ》にも「学業がうまくいくように祈りなさい」「立派な人に成長できるよう、よくお願いしなさい」と強く迫った。

子どもだった田中は仕方なく、形ばかりは手を合わせておいたが、内心ではいつも「くだらない。天照大神《あまてらすおおみかみ》も素戔嗚尊《すさのおのみこと》も、伊邪那岐尊《いざなぎのみこと》も伊邪那美尊《いざなみのみこと》もいるものか」と笑っていた。

しかし、獄につながれながらつらつら思えば、これらの神々の名は、すべて天皇家の祖先の神話と結びついていた。日本全国の神々は、何らかの形で記紀《きき》神話や、天皇が国家の安寧《あんねい》や繁栄を祈る祭祀と関連づけられているのだ。

いや、仏寺に関しても事は同じだ。長い歴史を誇る有力な宗派や寺院の多くは、天皇や朝廷との深い結びつきを持ち、そのことが権威の証《あかし》ともなっている。つまり、人々があからさまに意識しているか否かは別として、日本全国津々浦々における日々の信仰や、仕来《しきた》り、共同体の祭りや伝統儀式などによって、国民と天皇は固く結びつけられていたわけだ。

その紐帯《ちゅうたい》に、俺は負けたのかもしれない――。

田中が委員長であった共産党は、国民大衆から孤立し、憎まれて破滅した。それは厳然たる事実であった。

そうしたことを、刑務所において悶々と考えるうち、田中もまた「国体改変をめざしたのは間違いであった」と声明したのである。


山本玄峰と出会ったのも、獄中においてであった。収容者に講話をすべく、玄峰が小菅刑務所に来たのだが、その後、田中は彼と直接に話をする機会を得た。

僧衣の玄峰は、田中に問うた。

「あんた、もしここから出られたなら、どうしたいかね？」

「もちろん、不平等をなくし、人々が幸せに暮らせる社会を実現するために働きたい」

不鮮明な発音で、田中はそのようなことを滔々《とうとう》と語った。それを聞いた玄峰は、明るい笑みを浮かべた。

「あんたは、奇特な人やな」

田中は、褒められたと思った。しかし、玄峰はつづけてこう言った。

「わしは、あんたに聞きたいことがある。世の中をああしよう、こうしようと言うあんた自身が、いったい何であるのか、あんたはわかっていなさるのか？」

社会改革についての議論なら、田中はとっさにいくらでも応じることができた。しかし、「自分は何者か」などと問われたのははじめてだったから、とまどい、口ごもってしまった。

玄峰は大口をあけて笑った。

「あんたはけったいな人やなあ。自分自身が何であるかがわからなくて、どうして人のことがわかるんや？　どうして世の中がいいか悪いかがわかるんや？　どうして人の道がわかるんや？」

返す言葉が見つからず、黙っている田中に、玄峰は一冊の本をさし出した。

「自分が何であるか、外道《げどう》であるか、仏であるか、これでも読んでよく見極めなさい」

それは白隠禅師《はくいんぜんじ》の法語録だった。

玄峰が刑務所から去ったあと、田中はさっそく読んでみたが、何がなんだかさっぱりわからない。

馬鹿馬鹿しい。こんなものを読んで、自分が何だかなどわかるはずがない――。

そうは思いながらも、本を捨てる気にもなれなかった。わからない、わからないと言いながら、彼は繰り返し、繰り返し、十数回も読んだ。その揚げ句、釈放されると、龍沢寺の玄峰のもとへ行って、修行させてください、と頼んだのだった。

先に仮釈放されていたひでは、毎月、小菅刑務所に面会に来てくれた。

面会室で、ひでは笑いながら、このような話をしたものだ。

「このあいだ、検事さんに言われましたよ。『お前は悪い連中に騙されただけだ。田中のような奴とは離婚しなさい。まだ若いんだから、私が別にいい相手を紹介するよ』って」

しかし、ひでが田中と別れることはなかった。田中は、良心の呵責をおぼえつつも、ありがたく思っていた。

恩赦を得て出所した田中は、ひでも三島に連れていき、寺の近くの農家の離れでも借りて住まわせようと考えた。

しかし、玄峰が、

「女も男も同じ人間だ。寺のどこかにおったらいい」

と言ったので、ひでも寺の境内の庵《いおり》に暮らすことになったのである。

田中とひでがようやく一つ屋根の下で、二人きりで暮らすようになったのは、田中が入門してから、一年ほど後のことである。

玄峰に、

「もうそろそろ、世のために何か仕事をしろ」

と言われ、寺を出て、横浜に所帯を持つことにしたのだ。そして、玄峰に私淑《ししゅく》する人々の支援を得て、人請負業など、さまざまな仕事をはじめた。昭和十八年の九月には長男が誕生し、昭和二十年には神中組という小規模な土建会社も興している。「家族のため、社員のため、そして社会のために頑張るぞ」と意気込む田中を、ひでも嬉しそうに見守っていた。

在家の信徒とはなったが、玄峰との師弟関係はもちろんつづいた。だいたい、月の半分は横浜で仕事をし、半分は三島の龍沢寺で座禅をするという生活だった。

この間、田中は自分の転向について、ひでと語り合うことはなかった。自分のこれまでの共産主義者としての活動や、獄中での葛藤、またその後の生活などについて、どのように総括すればよいか、まだまだ考えが定まらなかったからである。いっぽう、ひでのほうも、とくに何も言わず、家庭を守り、田中の仕事を支えてくれた。

四

天皇は強硬派の軍人たちが困惑するほどの平和主義者であるはずだったが、昭和十六年十月には陸軍軍人の東條英機が総理大臣に任じられ、同年十二月には対米英戦がはじまった。そして、この天皇の名の下にはじめられた大東亜戦争は、時を追うにつれ、日本にとって厳しいものとなっていった。

昭和十九年七月には、第一次世界大戦後からの、南洋群島経営の拠点であったサイパン島が陥落し、東條内閣は総辞職した。代わって戦争指導の先頭に立つべく組閣したのは、また陸軍軍人の小磯国昭だったが、サイパン島の飛行場が米軍の手に落ちたということは、爆撃機B29の航続距離内に日本本土が入ったことを意味した。すなわち、やがては本土への空襲が行われることが懸念されるようになったのである。

そしてそのころから、玄峰は用心棒として田中を伴い、しばしば出かけるようになった。

玄峰はいっさい行き先を言わないから、田中も終始黙ってついていったが、経路はいつも同じだった。龍沢寺から一里の道を歩いて三島駅にいたり、そこから汽車に乗って沼津へ行く。沼津駅に着くと、老師はまた、一里近い道を歩いていく。そして、島郷《とうごう》というところまで来ると、「お前、近藤のところで待っておれ」と言って、そこからは一人でどこかへ行ってしまうのだった。近藤というのは、そのあたりに住む、龍沢寺の信者代表の一人である。

しかし、四回目のお供のとき、近藤宅に帰ってきた玄峰は、田中と連れ立って沼津駅へと戻る道すがら、独り言のようにこう漏らした。

「皇太后様も、今上《きんじよう》様も、日本の運命をいかい心配してござるぞ」

それで田中は、玄峰がどこへ行っていたのかを悟った。近藤の家のすぐ近くに、沼津御用邸があり、当時、皇太后（貞明《ていめい》皇后。大正天皇の后《きさき》）が滞在していたのだ。玄峰に相談を持ちかける人々はもとより大勢いたが、それはどうやら皇室にも及ぶらしかった。

昭和二十年が明けて、臘八接心《ろうはちせつしん》が行われた。太陰暦の臘月《ろうげつ》八日（十二月八日）に釈迦《しやか》が成道《じようどう》したことにちなむ法会で、禅宗では旧暦十二月一日から八日まで、昼夜眠らずに座禅をし、公案《こうあん》を練《ね》る。

公案とは、師から出される試験問題のようなものと言ってよいだろう。修行者は一人一人、師の部屋に呼ばれ、それぞれ公案を与えられる。祖師たちの問答や事績にまつわることであったり、師が独自に編み出したことであったりと、内容はいろいろだ。修行者はそれをよく参究し、悟道《ごどう》についての「答え」を師の前で述べなければならない。

田中が入室したときには、玄峰は大声でこう言った。

「今日のお前の公案は、日本をどうするかじゃ」

禅道場の問答において、賢《さか》しらな理屈をぺらぺらと述べれば、師の大喝《だいかつ》を食らうことになる。分離・差別を超越した「真理」をずばりと突くような答え方をしなければならない。しかし、予想外の公案を突きつけられて、田中は混乱した。焦りつつも、声だけは張った。

「戦争を止めるほかありません」

「駄目だ。練り直してこい」

玄峰に怒鳴りつけられ、田中はほうほうの体《てい》で部屋を出た。

一晩中、座りつづけたのち、翌日も師の前に出た。

「日本をどないするんじゃ」

何か答えなければならないと田中は思い、人心刷新、綱紀《こうき》振起《しんき》、食糧増産など、いろいろと言ってみたが、またこっぴどく怒鳴りつけられた。

「駄目だ、馬鹿者。出直してこい」

そんなことが来る日も来る日もつづけば、師の前に出るのも嫌になる。しかし、出ないわけにはいかないのだ。ぐずぐずしていると、先輩の雲水たちが捕まえて、師のもとに引きずっていくからだ。

「さ、田中、言え。どないするんじゃ、この日本を」

「戦争を終わらせなければなりません」

「どないして戦争を止めさせるんじゃ。おい、どないすんじゃ。言え、言えーっ」

田中は追い詰められた。もう死んでしまいたいような気持ちになった。玄峰の迫力の前に、絶体絶命の窮地に立たされたと言っていい。

そのとき、予想外のことが起きた。老師のほうが、答えを言ったのだ。

「いますぐ、日本は無条件で負けることじゃ」

呆然とする田中に対して、玄峰はさらに言った。

「日本は大関じゃ。大関は勝つもきれい、負けるもきれい。日本はきれいに、無条件に負けることじゃ。これは命を懸けた人間が五人いればできる。お前、できるか？　いま、本土決戦じゃ、聖戦完遂じゃと騒いでおる輩《やから》がおるが、そんな我慢や我執《がしゅう》にとらわれておったら、日本は国体を損ない、国家は潰れ、国民は流《る》浪《ろう》の民となるぞ」

この当時、日本が負けるという予測をひそかに話していた者などいくらでもいた。しかし、師たる身で、弟子の前で「日本は無条件で負けるべきだ」などと大声で語る玄峰の大胆さに、田中は舌を巻いた。それに、「きれいに負けなければ日本は国体を損ない、国民は流浪の民となる」という言葉にも衝撃を受けた。

　この人は真に超越した人だ――。

　田中は、恥ずかしくなった。自分は、これまでのいきがかりだとか、左翼や右翼、天皇制賛成・反対などにこだわってきたが、その何と小さいことかと思った。いっぽう、老師には何のこだわりもない。国民を流浪させないためならば、平気で国賊にもなろうとの覚悟をそなえている。

「必ずやります。無条件降伏は必ずやります」

　田中は自分の五体が断ち切られ、粉々になったような気分になりながら、無我夢中で叫んでいた。

　臘八接心が終わってしばらくしてから、田中はあらためて玄峰に呼ばれた。

「どうじゃ、田中。どないして日本を救うんじゃ？」

「老師のお言葉を、陛下のご信任厚い、鈴木貫太郎さんや米内光政《よないみつまさ》さんにお伝えしたいと思います。そうすれば、お二人から、老師のお考えを陛下のお耳に入れていただけると思います。けれども、いきなり私がお二人のところへ行くと、目立って非常に危険です」

　鈴木は海軍大将だが、侍従長を務めたこともあり、いまは枢密院議長の任にあった。

米内も海軍大将で、首相経験者であった。

「鈴木さんや米内さんのところへ行くのが危険だとすれば、どうするんじゃ？」

「まずは、枢密顧問官の伊沢多喜男《いざわたきお》さんのお耳に入れてはどうかと思いますが……」

玄峰に心酔していた伊沢は内務官僚出身で、貴族院勅選議員、台湾総督、枢密顧問官などを歴任した人物である。当時は社会のいたるところに特高警察や憲兵の監視の目が光っていたが、鈴木や米内のような重臣に直接接触するより、彼らと親しい間柄の伊沢を介したほうが、目立たずにすむと田中は思ったのだ。

「よかろう」

玄峰の許可を得て、田中は上京し、伊沢を訪ねている。以降、田中は玄峰の使者として、しばしば東京の要人と、龍沢寺との間を往復することになる。

田中が伊沢に面会してから数日後、鈴木貫太郎から玄峰のもとに、「お目にかかりたいから上京してくれないか」との問い合わせが来た。

東京の高官から「会いたい」と言ってきても、ふだんの玄峰は「そっちが会いに来い」と言って断ることが多かった。「坊主の値段も下落したものよ。昔なら、法のためとあらば、法皇様でも寺までお出でになられたものだぞ」というのが玄峰の言い分だった。

しかしこのときは、玄峰は田中を連れて、ただちに龍沢寺を発ち、東京へ向かった。

そして、監視の目を避けるべく、赤坂の旧乃木邸の向かいにあった、内田眼科病院の内田中博士の邸宅で、鈴木と面談した。七十九歳の鈴木と、八十歳の玄峰の対談には、田中も世話役として同席している。

「老師、今日はわざわざお越しくださってありがとうございます」

枢密院議長という国家の要職にありながら、鈴木は丁重な態度を持した。当時としては背の高い人物だったが、そのことが申し訳ないとでも言うように、背中を丸めて話す。

「日本はいま、武人が政権をとり、国が滅びるような危機に直面しています。『武人政権をとって国興った例《ためし》なし』と古人が言う通りです。政権を、一刻も早く武人の手から政治家の手に戻さなければならないと思います」

ときに東京は、もう何度も敵に空襲されており、いたるところが焼け野原となっていた。国家の危機を語る鈴木の表情も、非常に沈痛である。

いっぽうの玄峰は笑顔だ。

「力で立つ者は力で滅びる。金で立つ者は金で滅びる。しかし、徳をもって立つ者は永遠なりです。あなたは徳をお持ちだから、この国難に徳をもってお立ちなさい」

鈴木は長く伸びた眉の尻を下げた。老師の言葉を聞いて、さらに懊悩《おうのう》が深まったというような顔つきになる。

「老師にお目にかかりたかったのは、実はいま、私に組閣の大命が降らんとしているからなのです。私を次期首相に推す人が多くあり、陛下もまた、同様のご意向のようです……しかし、畏れ多いことながら、私は政治にかかわりたくありません。私は、『武人は政治に関与してはならぬ』という明治天皇のご聖旨《せいし》を金科玉条《きんかぎょくじょう》として生きてきたのです。もし実際に大命が降下した場合、はたして私はどうしたらよいか、非常に悩んでおります」

玄峰は、鈴木に同情するように、うん、うん、とうなずいた。

「たしかに、あなたは総理になるような人ではありませんな。総理になるべき人は、世の中の悪いことも、よいこともよく知っていなければならない。知った上で、よいことに尽くせる人でなければならない。しかし、あなたは、どうも純粋すぎる」

顔を少し紅潮させた鈴木に、玄峰はさらに言った。

「けれども、いまはあなたのような純粋な人が必要だ。名誉もいらず、地位もいらず、ただ国になり切って働く人が必要だ。あなたは二・二六事件のときに一度あの世に行っているんだから、生死は乗り越えていらっしゃるだろう。総理大臣をお引き受けなさい。ただし、それは戦争を終わらせるためにですよ」

戦争を終わらせる、という老師の言葉に対して、鈴木は「もちろんだ」と言うようにうなずいた。

玄峰と田中はすぐに東京を引き揚げたが、それから十日ほどした四月七日に、小磯内閣に代わって鈴木貫太郎内閣が成立した。

これでもうじき、戦争は終わるはずだ——。

田中はほっとしたが、しばらくすると、次のような記事が新聞に出た。すなわち、本土決戦を主張する陸軍の少壮幹部が鈴木の自宅に押しかけ、「あなたは戦争を終わらせるために総理になったのですか？」と問い詰めたところ、鈴木は「貴公らのその勢いさえあれば国を救える。屍を乗り越えて、聖戦の完遂に驀進《ばくしん》してくれ」と答えた、というのだ。

心配になった田中は、その新聞を持って玄峰のところへ行った。

「老師、これは話が違うのではありませんか？　鈴木閣下は、戦争を終わらせるために総理になったのでは――」

「お前は若いなあ」

玄峰は肩を落とし、あきれ顔になっている。

「これでいいんだよ。鈴木さんが血気盛んな連中の前で下手に虚勢を張り、殺されでもしたら、それこそ肝心の大事ができんわい」

やがて、老師の言っていたことが正しかったことが判明した。「本土決戦」「聖戦完遂」と繰り返し言いながらも、鈴木は戦争を終結させたのだ。

もちろん、その仕事は百点満点と言うわけにはいかなかったかもしれない。時間もだいぶかかってしまった。終戦の詔書《しょうしょ》が玉音放送という形で国民に伝えられたのはようやく八月十五日のことである。また、徹底抗戦を主張する軍人たちによるクーデター未遂事件も起きた。

けれども、終戦にあたって、イタリアは一時、内戦状態に陥ったし、ドイツは首都べルリンが陥落するまで戦争がつづけられた。それに比べれば、鈴木は天皇とタッグを組みながら、軍部の強硬派もだいたい抑え、それほど大きな混乱もなく戦争を終わらせることに成功したと言っていいだろう。

戦争終結後も玄峰は政府の高官から助言を求められ、田中も彼の使者として東京の各所へ走っている。一説には、日本国憲法第一条の〈天皇は、日本国の象徴であり日本国民統合の象徴であつて〉という条文は、玄峰の発案だとも言われる。各種の史料を突き合わせてみれば、この説にはいささか無理があるようだが、敗戦を経て、連合国軍の占領下に置かれた時代に、今後の日本をどうすべきかについて真剣に頭を悩ませた要人たちと玄峰が頻繁な交流をもち、彼らに少なからざる影響を与えていたことは間違いない。

龍沢寺においては、相変わらず玄峰を囲んだ酒宴も開かれていた。そのような席に田中が交じっていたとき、禁衛府《きんえいふ》（現在の皇宮警察にあたる）の次長となっていた菊池盛登がこう言ったことがあった。

「田中君、今後日本はどうすべきかについて、何か書いたらどうかね」

それが機縁となって、友人が勤めていた『週刊朝日』に、田中は「天皇制を護持せよ」という文章を載せてもらった。玄峰はつねづね、「天皇は右翼とか左翼とか、政治的立場を超えた、大空の太陽のようなものだ」と言っていたが、雑誌において田中が展開した天皇観は、その影響を強く受けたものであった。

当時、占領軍当局が皇室批判を奨励していたため、新聞雑誌では天皇退位論や天皇制廃止論がしばしば取りあげられた。また、政治犯として獄中にいた共産主義者たちが釈放されたため、「天皇を戦争犯罪人として訴追せよ」などと主張するデモもさかんに行われた。

しかし、田中はこうした情勢は危ういものだと思うようになっていた。国民を挙げて努力を傾注してきた戦いが虚しい敗北に終わり、人心が荒廃するいま、天皇や皇室をなくしてしまって、はたしてこの国は立ち直れるのだろうか、との疑いを抱かざるを得ないのだ。天皇という太陽を、マルクスの思想やモスクワの指導と取り換えても、日本国民が本当に幸せになれるとは思えなかった。

大和民族は諸民族の融合体であるが、その融合の中心になっているのが天皇だ。あらゆるものを取り入れ、共生させる、汎神論《はんしんろん》としての真の神道の精神が、それを達成してきたのだ。そして、日本再建の道も、その精神によるほかはない。そのような思いから、田中は天皇制擁護論を発表した。獄中で節を曲げずに釈放され、革命運動を再開したかつての仲間からは「裏切り者」と罵倒されることは百も承知だった。

それからしばらくして、龍沢寺の酒宴にまたあらわれた菊池は、田中を大いに褒めた。

「例の記事、読んだぞ。あんた、よう言ったな。あれは、よかったぞ」

その上で、菊池は突然、こう言った。

「あんた、陛下にお会いしたいと思うかね？」

「何ですって？　そんなこと、考えたこともありませんよ。だいたい私は、治安維持法違反で十年以上も刑務所に入っていた男ですよ」

「田中君、それは昔の話だろう。いま、あんたは陛下を心からご尊敬申しあげているじゃないか。雑誌の文章からも、それはわかる。お目にかかりたいかね、陛下に？」

どうやら、菊池は前科者をからかっているわけではないようだ。

「そんなこと、不可能ではありませんか？」

「いや、不可能じゃないんだ。あんたにその気があるならできる」

気が進まなかった。天皇制擁護の記事を載せてもらったからといって、武装共産党の元委員長が、いまさら天皇に会うこともないと思ったのだ。だいたい、世間が何と言うだろうか。それを考えると、恥ずかしくもあり、また、恐ろしくもあった。

「しかし、いきなり言われましても……」

そのとき、それまでずっと黙って酒を飲んでいた玄峰が、馬鹿者、と一喝した。

「お前はまだ、アカだの、アカでないだのとこだわっておるのか」

「わかりました。喜んでお会いいたします」

気圧されながら、田中は菊池に言っていた。

それから四、五日して、菊池から「拝謁できることになった」という連絡が来た。その際、モーニングやタキシードなどではなく、平服で来い、とのことであった。宮城（皇居）内の生物学御研究所を拝観していたところ、天皇がたまたま通りかかったという形で拝謁を実現させる、というのだ。

しかしそれにしても、武装共産党の委員長を務め、一時は無期懲役の判決を受けて服役した男と天皇との面会などという異例なことが、なぜ実現の運びとなったのだろうか。当時、占領軍の方針によって、軍隊は解体され、警察権力も弱化させられていた。いっぽう、「反天皇制」を標榜する共産主義者たちの活動は活発化し、宮城内にも乗り込もうという勢いであった。その中、天皇の側近たちは、頼りにならなくなった警察に代わって、天皇や皇室を守ってくれる味方を求めていた。

土建業を営む田中のもとには、復員してきた兵も含め、多くの若い衆が身を預けていた。また、彼の人柄は、玄峰に親しい官僚や政治家が保証するところである。そうであるならば、いざというときには田中に左翼勢力から天皇の身を守ってもらいたいと思って、天皇側近は彼を優遇したのではなかろうか。

田中が宮内省に出向いたのは、昭和二十年十二月二十一日の午後のことであった。大《おお》金益次郎《がねますじろう》宮内次官と入江相政《いりえすけまさ》侍従に誘導されて、宮城内の生物学御研究所へと向かった。冬枯れの木々のあいだを、大金と入江はどんどん進んでいくが、田中の足は重かった。

「あの、ちょっと待ってください。陛下の前でどうすればいいのか、教えていただけませんか。私は何もわからないものですから……どのようにお話し申しあげればよいか……」

立ち止まった大金は、きょとんとした顔を田中に向けている。

「思った通りのことを、お上にお話ししてくれればいい。ずばずば言ってもらって結構さ」

それだけ言うと、大金はまた前を向いて歩き出した。

銅葺き屋根の御研究所は、宮中三殿よりもさらに奥にあった。玄関を入り、やや無機質な雰囲気の、殺風景な廊下を通った後、田中はある部屋に通された。すると驚いたことに、すでにジャケット姿で、背筋を伸ばし、椅子に腰掛ける人物がいた。天皇その人だった。

偶然出くわした、という形で謁見させると聞いていたのに、天皇は田中を待ちかまえていたのだ。周囲には藤田《ふじた》尚徳《ひさのり》侍従長、木下道雄《きのしたみちお》侍従次長らもおり、大金と入江も同席した。

部屋の周囲の棚には、和洋の学術書や、ガラス瓶に入った海洋生物の標本などが並べられている。天皇は、よく来たね、というように会釈をしてから、田中に椅子に腰掛けるよううながした。

「お許しください。私はかつて、陛下に弓を引きました」

開口一番、田中は言うや、深々と頭を下げた。

「共産党の委員長をやり、刑務所に引っ張られたのであります。しかし、今日では自分が根底から間違っていたことがわかりました。みずからの罪の深さを悔い、三島は龍沢寺の山本玄峰老師のもとで修行いたしております」

天皇は、そうか、と言うようにこくりとうなずいただけだった。

「何か、申しあげたいことがあるのだろう？」

大金に言われ、田中は話した。

「陛下、絶対にご退位なさってはいけません。摂政宮を置かれることもいけません」

社会が混乱を極めるいま、天皇や皇室の権威を少しでも揺らがせるようなことをしてはいけない、と田中は言ったのだ。

「天皇陛下なしに、社会的、政治的融合体としての日本はあり得ません。今度の戦争は、陛下がお望みではないにもかかわらず、軍が陛下に無理に押しつけたものに過ぎないはずです。にもかかわらず、国民の中には、今度の戦争を陛下のご意思によるものであったかのように曲解する者もおります。陛下が平和を愛し、人類を愛されるお姿を、国民に伝えなければなりません。私も、そのお手伝いをさせていただきたいと思っております」

田中は前歯のない口で、空気を漏らしながらも、一生懸命、はっきりしゃべろうとした。さぞ聞きづらいだろうと申し訳なくも思ったが、天皇は不愉快そうな顔をすることもなく、ああ、そうか、と相槌を打ちながら、田中の言葉に熱心に耳を傾けてくれた。

「それから陛下、いま国民は飢えております。どうか、皇室財産を投げ出され、国民をお救いください。そうすれば、国民は奮起して、今後何年にも渡ってそのご恩に応《こた》えていこうと思うはずです」

さらに、田中はこうも進言した。

「国民は復興のために立ちあがっておりますが、陛下のことを存じあげません。どうか、陛下のお姿を、国民の前におあらわしになり、国民を励ましてやってください」

「そうか。わかった」

天皇の方からも、出身地のことや、いまどのような仕事をしているかなど、いろいろと下問があった。一通りのやり取りが終わった後も天皇は、

「ほかに何かつけ加えることはあるか？」

と尋ねてきた。

田中は少しためらったのち、口を開いた。

「私は、陛下は戦争には反対しておられたとうかがっていました。しかし、なぜ昭和十六年十二月の開戦をお止めにはならなかったのでしょう？」

天皇ははっきりと、こう答えた。

「自分は立憲君主であって、専制君主ではないのだ。憲法の規定に従わねばならない」

大日本帝国憲法の規定では、内閣や議会が決定したことは、天皇も覆《くつがえ》せない。もし、覆してしまったとしたら、天皇は立憲君主ではなく、専制君主になってしまう。そのようなことを、天皇は言いたいようだ。

なんというお方か――。

田中はかつて、法律など何ほどのものとも思っていなかった。国家が暴力を使う以上、

こちらも武装して対抗せねばならぬと思い、平気で官憲に銃口を向けていた。ところが天皇は、かりに自分が殺されそうになっても、抵抗することを憲法が許さぬとするならば、「自分は立憲君主である。憲法は守らねばならぬ」と言って、従容《しょうよう》として死んでいくのではないか。

国家社会の融合体の中心とは、何と窮屈で、脆《もろ》く、孤独なものか――。

驚くうち、田中は言っていた。

「私は、七生報国《しちしょうほうこく》の精神で、命を懸けて陛下、および皇室をお守り申しあげます。固くお約束申しあげます」

「そうか、ありがとう。よろしく頼む」

面会は当初二十分の予定だったが、終わったとき、一時間ほどがたっていた。御研究所を出て、帰路をたどっているとき、案内の入江が言った。

「よく言ってくれましたね、我々では言えないことを」

それから、入江はにたりとした。田中のことをからかっているような、それでいて、とても好意的に見える笑顔だった。

「しかしあなた、大変なことを陛下にお約束しましたね。命を懸けて陛下をお守りするなんて」

広葉樹がすっかり葉を落としながらも、なお薄暗い森の道を歩みながら、田中は自分に誓っていた。

俺は、天皇主義者として生きる――。

実際その後、田中は右翼活動家として知られるようになった。預かっている若い衆を動員して、しばしば左翼のデモ隊とぶつかり合った。

いっぽう、天皇が退位することも、戦争犯罪人として訴追されることもなかった。昭和二十一年二月以降、天皇は全国を巡幸し、被災した国民を励ましてまわるようになる。

天皇との面会について、田中は玄峰など一部の人を除いて口外しなかった。「天皇が田中のような前科者を手先に使っている」などといった噂が立ってはいけないと思ったからでもある。だが、妻のひでにだけは言っておきたかった。

「あのな、このあいだ東京へ行っただろ」

二十年の暮れも押し迫ったある夜、縫い物をしているひでに田中は語りかけた。

「これは絶対に他言してはならぬことだがな、俺は天皇陛下にお会いしてきたんだ」

田中のシャツの綻《ほころ》びを繕っていたひでは、針を持つ手を止め、顔をあげた。

「まるで水晶のように透き通ったお人柄であった。そして、本当にご聡明なお方であったぞ」

ひではぼけっとした顔でこちらを見ている。

「俺は、心を打たれた。今回、天皇主義者になる覚悟を、本当に、本当に固めた。俺は命懸けで、陛下をお守りしていくぞ」

ひでの顔に表情が戻った。目を細め、笑い出す。

「何がおかしい」

「いいんですよ、そんな変なことを言わなくても。私は、あなたが何主義者でもいいんですから」

どうやらひでは、夫がまた法螺を吹いている、と思ったらしい。これまでずっと共産主義者であったくせに、天皇主義者に鞍替えしたことを田中が恥じており、その言い訳をするために嘘をついている、と。

しかし、田中と天皇との面会は、天皇側近たちも『側近日誌』や『入江相政日記』などに書き残していることであって、決して偽りではない。

「笑うな。俺は、本当に陛下にお目にかかってきたんだぞ」

「どうして、そんなことができるんですか？」

「それには、いろいろな事情があってな――」

ひではシャツで口元をおおい、けらけらと笑った。

「嘘なんかつかなくていいんです」

「嘘などつくものか。俺は、本当に陛下のお人柄に打たれた。あれぞまさに、汎神論的な、八百万《やおよろず》の神々がましますこの国の中心に相応しいお方だった」

「私は、ご本尊が八百万の神様であれ、天皇様であれ、マルクス様やレーニン様であれ、人々が幸せに暮らせるようになればいいんです。あなたが、そのために頑張ってくだされば、私はついてまいりますから、変な嘘は言わなくていいんです」

「この野郎、俺は嘘なんか決して言っていない」

田中がいくらむきになって力説しても、ひでは笑うばかりで、まったく信用しようとはしなかった。

地下鉄の切符

一

二百四十五平方メートルの、桃色の絨毯が敷き詰められた広間の壁には、能の演目「石橋《しゃっきょう》」を題材にした三枚の日本画が掲げられている。中央には獅子の精を演じる役者が、左右には、その精が劇中で戯《たわむ》れる紅白の牡丹《ぼたん》の花が描かれてあった。

三枚の絵の前には、テーブルと椅子がしつらえられていた。丸眼鏡をかけた一人の男が、そのそばでしゃがんでいる。頭の禿《は》げ上がって小柄な、四十代半ばの白人だ。ドイツ生まれのアメリカ人である。彼は二つの椅子の下に、ソニー製の小型レコーダーを設置していた。

ある人物にインタビューするための準備をしていた。このころ、すなわち昭和五十年（一九七五）当時、一般に使われていたテープレコーダーは「大きすぎて目障りだから、部屋に持ち込んではならない」と禁じられた。この歴史的なインタビューを成功させるためには、厳しい注文に逆らうわけにいかなかったから、彼はまだ試作品段階の小型レコーダーを苦労して手に入れ、ようやく録音の許可を得たのだ。

準備が終わると、男はいったん、広間を退出した。

インタビューを受ける側は、七十代半ばの日本人である。インタビューは十一時から開始される予定であったが、彼はそのずいぶん前から背広を着用し、準備を整えていた。無聊《ぶりよう》を慰《なぐさ》めるため、居室の机の引き出しから一枚の紙片をとり出し、掌《てのひら》にのせて眺めている。

掌におさまるほどの大きさの、長方形の紙片だ。くすみ具合から、だいぶ古いものとわかる。裏返すと、そこに手書きで〈1921.6.21〉と書き込んであった。それをもてあそび、見つめると、彼は甘美《かんび》な思い出に浸り、微笑まずにはいられなくなるのだった。

やがて、

「そろそろ、お出ましを」

と声をかけられた。

彼は引き出しに紙片をしまい、立ち上がった。

インタビューする側のアメリカ人男性がふたたび呼ばれ、広間に戻ってきたとき、目当ての人物はすでにそこで待っていた。

アメリカ人は彼と握手をし、言った。

「こんなに興奮しているのは、生まれてはじめてです」

緊張でこちこちになっている彼に対して、日本人男性はにこにこと微笑みかけた。自分に対面する者がそういう反応を見せるのはいつものことだよ、と言うように。

このアメリカ人は、『ニューズウィーク』誌東京支局長、バーナード・クリッシャーだった。そして、クリッシャーを出迎えたのは、昭和天皇である。

そこは皇居宮殿の「石橋《しやっきょう》の間」であったが、昭和五十年九月二十日のこの日、史上はじめて、外国人記者による天皇への単独インタビューが行われることになったのだ。十日後の九月三十日には、前年のジェラルド・R・フォード大統領の訪日に対する答礼として、天皇は初めて訪米の旅に出ることも決まっていた。それを前にして、特別に許可されたインタビューだった。

天皇とクリッシャーはやがて席に着いた。クリッシャーは事前に質問事項を宮内庁側に提出していたが、質問の順序を変えたり、また新たな質問を付け加えたりした。しかし、天皇は質問に答えるにあたって、メモはいっさい見なかったし、また、通訳者や側近たちにアドバイスを求めることもなかった。

天皇の声には、よく通る、独特の響きがあった。終戦のときの総理大臣、鈴木貫太郎は高齢で耳が遠かったが、「陛下のお声はありがたい」と言っていたという。天皇の声だけはよく聞こえたというのである。

天皇はクリッシャーの質問に真剣に耳を傾け、例のよく通る声で、一語一語、慎重かつ丁寧に答えていった。

質問は多岐に及んだが、皇室が二千年にわたって存続した理由について聞くと、天皇

は、

「皇室が存続してきたのは、歴史を通して国民の安寧《あんねい》を第一に考えてきたからだと思います」

と答えた。

「陛下の戦前と戦後の役割を比較していただけませんか？」

「基本的には何らの変化もなかったと思っています。私はつねに憲法を厳格に守るように行動してきました」

この答えは、クリッシャーには意外だった。戦前の日本の憲法では、天皇は統治権を一手に握る存在だったが、戦後の憲法では国政に関する権能をまったく持たない〈象徴〉になったのではなかったか、と思ったからだ。

「戦争終結にあたって、陛下が重要な役割を果たしたことはよく知られていますが、日本を開戦に踏み切らせた政策決定過程にも陛下が加わっていたと主張する人々に対して、どうお答えになりますか？」

戦後、天皇はつねに戦争責任をめぐる議論の的になってきたが、とりわけこのころ、その議論は再燃していたと言える。外遊がきっかけだった。

四年前の昭和四十六年、歴代天皇の史上初の外遊先として、彼はヨーロッパ諸国を訪問した。その多くが第二次世界大戦では日本と交戦状態にあったから、天皇は各地で、戦争責任を問う、批判的なデモに遭遇した。自身の乗った車に卵や瓶が投げつけられることすらあった。そして今度は、かつて太平洋上で最も激しく戦った敵、アメリカを訪問しようというのだから、クリッシャーとしても、戦争責任についての質問を避けて通るわけにはいかなかった。

天皇はやや前かがみの姿勢で、じっとクリッシャーを見ている。その誠実な姿勢はまったく変わらない。いつもより少し長めに考える天皇の次の言葉を、クリッシャーのほうも真摯《しんし》に待ち受けた。

二

初代を神武《じんむ》天皇とする皇統譜《こうとうふ》によれば、昭和天皇は第百二十四代の天皇ということになる。その在位中の昭和十五年（一九四〇）には、皇紀二千六百年を祝う式典が行われた。

たしかに学問的研究の世界では、はじめのほうの天皇は伝説的存在と見なされる。のちの朝廷につながる、いわゆる「大和政権」の基本的な形ができたのが早くとも三〜四世紀くらいではないかとか、実在が確実な天皇は六世紀あたりからではないかなど、様々に論じられてはいる。しかしいずれにせよ、日本の皇室が、現存する世界の王家・王朝のうちで最古の起源を持つことは間違いないだろう。

このような長い伝統を背負って、裕仁《ひろひと》親王（後の昭和天皇）は明治三十四年（一九〇一）四月二十九日に誕生した。明治天皇の皇太子、嘉仁《よしひと》親王（後の大正天皇）の第一男子である。

裕仁親王が皇太子として青年時代を送った大正期は、新聞、雑誌、ラジオなどが普及し、大衆文化が花開いた。また、議会や政党政治家が次第に力を持つようになった時期でもあり、大正十四年（一九二五）には男子普通選挙法も成立した。すなわち、「大衆」が主役となり、政治的には「デモクラシー」が到来した時代であった。

そのような時代にあっては、皇室のイメージもかつてとは変化することになった。以前には、天皇や皇族は厚いベールに包まれた存在だった。普段の姿が写真に撮られることなどなく、肖像画であらわされるのは、たいてい軍服姿であった。

ところが大正時代には、背広姿の皇太子の、ごく自然な姿が写真に撮られ、新聞に載るようになった。しかも、皇太子はゴルフなどのスポーツを楽しんでいるということも報じられ、国民の若きプリンスに対する親近感は高まった。

新聞は皇太子のことをさかんに「平民的」と書いたが、デモクラシーの時代にあって、これは最高の賛辞であった。大正天皇が病気がちで、あまり表立ってメディアに取り上げられなかったこととは対照的に、若々しく、親しみやすい皇太子は時代のスターとなったと言っていい。

皇室の歴史において、はじめて大々的な外遊を行ったのもこの皇太子であった。数えで二十一歳のとき、すなわち大正十年の三月三日に御召艦《おめしかん》「香取」、供奉艦《ぐぶかん》「鹿島」の二戦艦で横浜を出発した。香港、シンガポール、セイロン島などを経てスエズ運河を通り、ジブラルタル海峡を抜けてイギリスのポーツマスに入港したのは五月九日であった。その後、フランス、ベルギー、オランダ、イタリアなどを歴訪し、七月十八日にイタリアから帰途についた。横浜港帰着は九月三日のことである。

この外遊は、次代の君主への教育の一環として行われた。よって、往路の船中では、皇太子は側近たちから、公式行事における振る舞い方やテーブルマナーなどにつき、なかなか厳しい特訓を受けたらしい。しかし、いざヨーロッパに上陸してみれば、皇太子はいかなる王侯貴顕に対してであれ、現地の大衆に対してであれ、つねに堂々と振る舞い、また、会話においてはなかなかのユーモアのセンスを発揮するなど、英邁《えいまい》ぶりを印象づけた。

欧州訪問中の皇太子の言動は、日本国内では新聞紙上はもちろん、活動写真でも紹介された。これらの活動写真は全国で、のべ七百万人が観るほどの大人気を博し、ときの原敬《はらたかし》総理大臣や、山縣有朋《やまがたありとも》、松方正義《まつかたまさよし》、西園寺公望《さいおんじきんもち》らの元老たちも観ている。訪欧の随員《ずいいん》ばかりか、日本で帰りを待つ高官たちも、この皇太子の立派な姿には歓喜したものだ。

当の皇太子にとっても、この外遊は感銘深かったようだ。一般社会と隔絶され、御所の奥深くで大勢にかしずかれて暮らしてきた皇太子は、ヨーロッパ旅行中、それまでとはまったく違った、のびのびとした時間を過ごした。

イギリスのスコットランドにある、アソール公爵《こうしゃく》の居城に滞在したときには、その自然豊かな、広大な領地で釣りを楽しんだ。フランスのパリでは、はじめて貨幣というものを使って買い物をしたし、パレ・ロワイヤル駅からジョルジュ・サンク駅までの四区間、地下鉄にも乗った。もちろん、地下鉄に乗るのもはじめてだったから、勝手がわからず、切符を握りしめたまま改札所を通ろうとして、「それでは切符に鋏《はさみ》を入れることができないではないか」と係員に叱られている。また、地下鉄を降りた後も、切符を返さずに改札所を通ってしまい、叱られた。どうやら駅員たちは、このアジアの青年が日本の皇太子であるということを知らされていなかったらしい。しかしこれもまた、皇太子にとっては非日常の、わくわくする経験だった。

後々まで、彼はこの外遊を人生で最も印象深かったこととして回想し、「私のそれまでの生活は籠の鳥のようでしたが、外国に行って自由を味わうことができました」などと言っている。


皇太子は帰国後、大正天皇の病状の悪化を受け、摂政となった。そして、大正十五年十二月二十五日に大正天皇が崩御すると、二十六歳で践祚《せんそ》した。元号も昭和へと替わる。

この代替わりにおいて特徴的であったのは、天皇への直訴《じきそ》事件が頻発したことだ。わかっているだけでも、践祚前の大正十五年十一月に一件、昭和二年に三件、翌三年に十件、四年は二件、五年は六件などとなっている。天皇のそばに来る前に周囲に取り押さえられた未遂者も含めれば、実数はこれよりもはるかに多くなるものと見られる。

直訴を試みた者の多くは、こう思っていたのではあるまいか。すなわち、大正天皇は病気がちだったから、奸悪《かんあく》な政党政治家や、彼らと結びついた強欲な財閥の連中はその目をやすやすと盗み、けしからぬやり方で私腹を肥やして、反対に善良な庶民は苦しめられることになってしまった。しかし、新しい天皇は若く、意気軒高で、頭がよい上に、親しみやすい方である。そうであれば、虐《しいた》げられた庶民の実情をお耳に入れさえすれば、きっとその救済のために、ご英断を下されるに違いない、と。

天皇のほうも、毎日いくつもの新聞をすみずみまで読んでおり、そうした国民の期待には気づいていた。また、みずからが君臨する昭和の世になったからには、何としてもますます国家を繁栄させ、国民を幸福にしたいとも願い、そのために自分にできることがあれば、なんなりと実行したいとの強い意欲も持っていた。

そこへ、日本の威信を揺るがす大事件が出来《しゅったい》する。いわゆる張作霖《ちょうさくりん》爆殺事件である。

三

日露戦争終結のため、明治三十八年（一九〇五）に締結された講和条約、すなわちポーツマス条約によって、日本は、満洲（現・中国の東北部）や内蒙古《うちもうこ》（現・中国の内モンゴル自治区）における、鉄道を中心とする権益をロシアから譲り受けた。これが「満《まん》蒙《もう》特殊権益」と呼ばれるものである。

しかし、清朝が倒された辛亥《しんがい》革命（一九一一～一二）後、その版図だった地域は軍閥が割拠し、相争う混乱状況に陥ってしまう。そこで日本は、満洲一帯を支配する、奉天軍閥の総帥、張作霖を支援することによって、この満蒙特殊権益を守ろうとした。ところが、日本の後ろ盾によって満洲における支配権を確立した張は、次第に日本の意向に従わなくなっていく。たとえば、日本の鉄道利権を否定するように、並行する鉄道を敷設することを計画したりしはじめる。

また日本は、満洲はもともと「中国」の領域に含まれない塞外《さいがい》（万里の長城の外）の地だから、塞内でどのような戦乱が起こり、どのような政権が作られようとも、それとは無縁であるべきだと考えていた。ところが張は、塞内にも支配力を及ぼそうとし、北平（北京）へ進出して、他の軍閥と争うようになる。これでは塞内の戦乱の影響が満洲にも及び、下手をすれば塞内の政権に満洲を取り上げられかねないと日本は恐れた。そしてとうとう、張の軍は、統一戦争（北伐）を行っていた、蔣介石率いる国民革命軍（国民党軍）と戦って敗れ、満洲へと撤退することになった。

ところがその最中の昭和三年六月四日、張を乗せた列車が奉天（現・遼寧省瀋陽）近郊の皇姑屯《こうことん》あたりを通過したとき、鉄路に仕掛けられた火薬が爆発した。列車は大破し、張も爆死した。これが張作霖爆殺事件である。

日本の新聞は、この事件は国民革命軍の便衣兵《べんいへい》の仕業によるものと報じた。便衣兵とは、軍服ではなく、一般市民のような平服（便衣）を着て軍事作戦を行う工作員のことだ。

ところが、どうもこの新聞報道は怪しい、という話が、事件直後から、あちこちでささやかれた。現地の陸軍軍人や南満洲鉄道（満鉄）関係者、あるいは大陸浪人などから、「真相は別にある」との情報が次々ともたらされていたのだ。

八十歳になる、元老の西園寺公望公爵も、そのような疑いを持った一人で、秘書の原《はら》田熊雄《だくまお》男爵にこう漏らしていた。

「どうも怪しいぞ。人には言えぬが、日本の陸軍あたりが元凶じゃあるまいか」

元老は、明治国家建設の功労者から選ばれた、天皇の最高顧問ともいうべき存在である。中でも最も重要な役割は、総理大臣候補を天皇に奏薦《そうせん》することだった。しかし、複数いた他の元老たちはみな死んでしまっており、かつ、西園寺が新たな元老を指名することもなかったため、彼はそのときには、唯一、最後の元老となっていた。

やがて、西園寺の懸念は現実となる。田中義一《たなかぎいち》総理自身がやってきて、

「どうも、日本の軍人の仕業らしいのです」

と伝え、今後の対応について相談するにいたったのだ。

長州出身の田中は、山縣有朋直系の、陸軍長州閥のボスだった。山縣のように、やが

ては元帥になるかと思われたが、政党政治の時代に、陸軍大将までのぼったところで現役を退き、政界に進出して、立憲政友会の総裁となった。そして、憲政会（立憲民政党の前身）総裁の若槻礼次郎《わかつきれいじろう》が組織した若槻内閣が、金融恐慌の収拾に失敗し、昭和二年の四月に総辞職したあと、西園寺の推薦を受けて総理になったのだった。

西園寺は田中に、こう言った。

「万一にもいよいよ日本の軍人の仕業と明らかになったなら、断然処罰して、我が軍の軍紀を維持しなければならない。立派に処罰してこそ、たとえ一時的には支那（中国）側の日本に対する感情が悪くなろうとも、長い目で見れば、国際的信用を維持することになる」

また西園寺は、軍紀粛正の国内的効用についても、こう語っている。

「立派に国軍の綱紀を維持せしめ、『田中総理が軍部出身であるために軍部を抑えることができた』とか、『政友会のような力強い政党であればこそ、思いきってこういうことができた』ということになれば、政党としても、また田中総理自身としても、国内的に非常によい影響を与えるのではないか」

西園寺は、政党政治の確立に意をくだいていた。政党政治家の腐敗が批判されつつも、二大政党制のもと、西園寺がいわゆる「憲政の常道」に従って、第一党の総裁を総理に指名し、その内閣が総辞職すれば、反対党の総裁を次の総理に指名してきたのもそのためだ。

戦前の大日本帝国憲法は、長州出身の伊藤博文《いとうひろぶみ》を中心に起草されたが、彼はそれにあたり、ヨーロッパ各国を訪問し、綿密な調査を行っている。長らくパリに留学し、フランス語に堪能であった西園寺は、この伊藤の訪欧に随行し、のちには、伊藤が設立した立憲政友会の二代目総裁として、二度組閣した。薩長出身者ばかりの元老の中に、唯一、京都の公家出身の西園寺が加えられたのは、この伊藤との繋がりのためである。

元老が設けられたのは、当時の日本の独特な政治システムのせいだった。

大日本帝国憲法の第四条においては、天皇は統治権を総攬《そうらん》することになっている。つまり、国家の決定はすべて、形式的には天皇の意思の表明にほかならないのだ。ところが、第三条には〈天皇ハ神聖ニシテ侵スヘカラス〉と、天皇は政治的な責任を負わないことが明記され、第五十五条においては、国務各大臣が天皇を輔弼《ほひつ》し、国務に関する詔勅《しょうちょく》には国務大臣の副署がなければならないとも記されている。つまり、最終的な責任は国務大臣が負うわけである。

しかし、一つの内閣が総辞職すれば、輔弼する国務大臣はいなくなるから、次の内閣総理大臣を選び、任命する際には、国務大臣以外の輔弼者がいなければならないことになる。そこで、元老が必要とされたわけである。

また、憲法に必ずしも明記されていたわけではないが、国務から軍の統帥（作戦や用兵）は独立しているとされており、そのために政府と軍部のあいだでしばしば対立があった。軍部側が強硬な態度を取って、内閣が倒れることすらあったから、この両者の調整のためにも、元老は必要だったのだ。

だがもし、日本の政党政治が成熟し、イギリスの議会政治のように、衆議院の議席数を背景に、政党同士の交渉によって総理大臣が選ばれるようになれば、元老の首相奏薦の役割は必要なくなるだろう。また、もし国務大臣が国民の負託を受けた議会の強い支えのもと、軍を抑え、その綱紀を粛正できるようになれば、元老が政府と軍部とのあいだの調整をする必要もなくなるだろう。そうした期待から、西園寺は政党政治家を励ましつつ、みずからは「最後の元老」となる道を選んでいたのだった。

「真相を解明し、犯人は断乎処分するということは、陛下にだけは早速申し上げておけ」

西園寺は、前のめりになって田中に強く奨《すす》めた。田中も、

「わかりました」

と応じている。

だが、その年は天皇の即位の大典が挙行されるなど、諸事多端だったこともあって、田中の事件に関する奏上は、年末の十二月二十四日となった。しかしそれでも、田中は天皇の前で、はっきりとこう述べている。

「張作霖の事件については、どうも我が帝国陸軍軍人の犯行の疑いが濃厚です。放置できませんので、真相を調査したいと思います。そして、日本の軍人の犯行とわかれば、

真相を内外に公表し、厳格な処分によって充分に軍紀を正したいと存じます」

天皇は田中の言葉を大いによしとした。彼は「きちんと犯人を処罰し、綱紀を粛正してこそ、日本のためだ」という西園寺の考えもすでに聞き、了解していた。だから以降、田中からの調査報告を心待ちにした。「調査結果はまだか？」と側近に繰り返し尋ね、政府に対しても再三にわたって催促させている。

けれども、田中はなかなか、事件の調査結果を奏上しなかった。いや、実は田中は、真相についてはとっくに把握していたのだ。

張作霖爆殺事件は、現地の関東軍軍人の仕業にほかならなかった。関東軍というのは、日本が経営していた遼東半島の租借地や、南満洲鉄道およびその付属地の警備などを担当した軍である。田中総理は、なお張作霖を支持することで満蒙特殊権益を維持しようと考えていたが、関東軍の軍人たちのあいだには、「もはや張は役に立たない。彼を取り除き、別の者に政府を作らせるか、日本人が直接統治したほうがよい」との考えが広がっていたのだ。爆殺の実行犯の中心人物は河本大作《こうもとだいさく》大佐であったが、その背後には村《むら》岡長太郎《おかちょうたろう》関東軍司令官の意向もあったと言われている。

真相はとっくにわかっていながら、田中が天皇に報告できなかったのは、閣僚たちから、

「陛下の軍人がこのようなことをしたということが明らかとなれば、陛下のお顔に泥を塗るようなものではないか」

といった反対意見が出たからだった。

ただでさえ、張作霖の息子、張学良《ちようがくりよう》は、日本の軍人が犯人だと確信し、日本に対する敵意を鮮明にしている。日本は塞外の満洲は歴史的に中国のうちには含まれないと主張してきたが、張学良は「満洲も国民党が支配すべき、新生中国（中華民国）の一部である」と表明するにいたったのだ。

その上、日本が真相を明らかにし、軍人を処罰したりすれば、張学良はますますつけあがるだろう。さらには、満蒙特殊権益を自分のものとしようと虎視眈々と狙っているアメリカも嘴《くちばし》を挟んでくるに違いない。それが、大方の有力閣僚たちの意見だった。

この当時の総理大臣は、現在と比べて非常に小さな権限しか持っていない。「閣議の主催者」くらいの立場でしかなく、閣僚に対する罷免《ひめん》権すら持たなかったから、閣内不一致に陥った場合、内閣はたちまちに倒れてしまう。よって、総理も閣僚の意向は尊重しないわけにはいかないのだが、いっぽうで、天皇には「真相を究明し、綱紀粛正をいたします」と約束してしまっているから、田中はどうすべきかわからなくなってしまったのだ。いつまでたっても真相が公表されないこの事件は当時、「満洲某重大事件」などと呼ばれていた。

やがて、白川義則《しらかわよしのり》陸相が田中とは別に参内《さんだい》し、天皇に対して、「犯人は陸軍内にはおりませんでした」と報告した。そして、警備責任者の行政処分で事件の幕引きをはかりたい旨を奏上した。

田中自身も、天皇の側近である内大臣や侍従長に対して内々に、「犯人は陸軍にはいなかったということですませたい」と相談するようになる。そうなれば当然、田中の変心は天皇の耳にも届かないわけにはゆかなかった。

天皇は悩んだ。

もし田中総理が前言を翻《ひるがえ》し、事件をうやむやに処理したいと正式に言ってきた場合、国民の期待を一身に背負う立憲君主として、どうするのが正しい道だろうか、と。

黙ってそれを認めるべきだろうか。しかしそれでは、軍の綱紀粛正は行われなくなり、日本の国際的信用も失われるだろう。けれども、田中の変心を叱りつければ、立憲君主としての立場を逸脱することになりはしないだろうか。

実は田中内閣は、これまでに何度も、世の批判を招く問題を起こしており、天皇や側近たちも不信感を募らせていた。たとえば、「優諚《ゆうじょう》問題」などがそれである。

与党の政友会は衆議院の過半数に達していなかったため、田中は昭和三年一月に衆議院を解散した。普通選挙法の下で行われる、はじめての総選挙（第十六回衆議院議員総選挙）だった。このとき、内務大臣の鈴木喜三郎《すずききさぶろう》は対立党の立憲民政党を圧迫すべく、露骨な選挙干渉を行い、さらには民政党の綱領に「議会中心政治」とあったのを取り上げて、「天皇中心の日本の国体に反するものだ」と声明した。これがかえって、「議会否定をするとは、政党内閣の声明とも思われない」とか、「皇室を政争の具にするとは何事か」との反発を買い、二月二十日の投票において、政友会は第一党とはなったものの、過半数には及ばなかった。そしてその後、鈴木内相に対する不信任決議案が衆議院本会議に提出され、鈴木は辞職することになる。

そこで田中は、逓信《ていしん》大臣であった望月圭介《もちづきけいすけ》を後任の内相とし、逓相には久原房之助《くはらふさのすけ》を当てることにした。しかし、久原は田中と同郷の財界人であるが、当選一回の新人の上、経営に失敗し、事業の身売りをしたこともあったから、大臣としての資質に疑問を呈する向きも多かった。そして、この人事案への不満から、五月二十一日、水野錬太郎《みずのれんたろう》文部大臣が辞表を提出する事態となった。

困った田中は、天皇に「水野に辞任を撤回するよう諭してもらいたい」と願い出る。天皇は内大臣の牧野伸顕らと相談の上、田中の言を容《い》れて、水野を宮中に呼び、「今後とも大臣として、国家に尽してもらいたい」との優諚（思いやりのあるお言葉）をかけた。

水野は辞意を撤回したが、その理由として「陛下のご諚《じよう》があったためだ」と発表してしまう。この発言が、天皇に政治責任を負わせるものと問題視され、同月二十五日、水野はやはり辞任することになるのだが、批判の矛先は誰よりも田中に向けられることになった。これが水野文相優諚問題である。

事態紛糾の責任を取るためとして、翌二十六日、田中は今度は、天皇に「進退伺」を提出した。総理大臣が天皇に進退伺を出すなど、前代未聞のことである。天皇は牧野と

も相談の上、進退伺を田中に突き返し、

「これについては絶対に外間に漏れないよう、秘密の取り扱いをせよ」

と指示した。

田中は畏《かしこ》まって御前をさがったのであるが、どういうわけか六月一日、この進退伺の件は新聞で取り上げられてしまう。

自分の不手際で起きた閣内のごたごたを解決するために天皇の権威を借り、さらにみずからの内閣に対する批判をかわすために、また天皇の権威を借りようとした田中の態度は、議会ではもちろん、識者のあいだでも激しい批判を呼んだ。そしていまや、田中は張作霖爆殺事件についても、「この処分案で陛下のお許しを得た」と言い逃れ、真相を闇に葬ろうとしていた。

天皇の我慢は、限界に達しつつあった。そして側近に、「もし田中が事件をうやむやにしたいと言ってきた場合、『責任を取るか』と問うてみたいがどうか?」と相談するにいたる。

この天皇の下問に対し、元老の西園寺、内大臣の牧野、宮内大臣の一木喜徳郎、そして昭和四年の一月から侍従長となった鈴木貫太郎のあいだで、話し合いが何度も持たれた。元老秘書の原田男爵を介したメッセージのやり取りもあれば、内府や宮相、侍従長が駿河台の西園寺邸に直接赴いて会談することもあった。やがて、西園寺と牧野とのあいだで、見解の違いが表面化する。

内大臣は御璽《ぎょじ》・国璽《こくじ》を管理するとともに、詔勅その他、宮廷関係の文書に関する事務を管掌し、天皇に対しては〈常侍輔弼《じょうじほひつ》〉する役職とされる。このとき六十九歳の牧野伸顕伯爵は、歴代内大臣の中でも最も天皇の信頼厚い人物だった。西園寺とともに、天皇にとっての「師父」のような存在だったと言っていい。

西園寺も牧野も、政治上の問題で天皇や皇室に累を及ぼすことは極力避けなければならないという認識を共有してきた。だからこそ、良きコンビとして、連携して青年天皇を補佐してきたのだが、牧野のほうは次第に「田中のだらしなさがここまで来れば、天皇が叱責してもやむを得ないのではないか」と考えるようになっていた。

六月二十五日、牧野が駿河台を訪れたとき、二人の話し合いはほとんど諍《いさか》いへと発展する。牧野の意見を聞いた西園寺は大いに驚き、

「陛下がそのようなことをなさるのは、決していけない」

と反対した。

西園寺の反応について、牧野は日記において〈余りの意外に呆然自失の思をなし、驚愕を禁ずる能はず〉と記している。牧野は、西園寺も自分と同じような考えを持っているはずだと思っていたらしい。ところが、西園寺は頑《がん》としてこう言った。

「陛下がそのようなお言葉を発せられるということは、明治天皇の御時代よりいまだかつてその例はない。総理大臣の進退に直接関係することになり、反対である」

牧野も西園寺を熱心に説得しようとする。

「公のお考えは、皇室のご安泰を思う心から出たものであることはよくわかります。しかし、今日の政局はもはや行き詰まっており、識者はほとんど異口同音にこの上の現状維持は許されないと言っています。しかも、満洲問題（張作霖爆殺事件）については、聖明を蔽《おお》い奉る事実が、人々に明らかに知れわたってしまったならば、ただごとではとうてい収まるものではありません」

ここで言う〈聖明を蔽い奉る事実〉とは、張作霖を爆殺したのが日本の陸軍軍人であるのに、首相や陸相が「陸軍には関係者はいなかった」という偽りの上奏をすることであろう。しかしいまや、ジャーナリズムが大いに発達した時代だ。もし、後になってこのことがすっぱ抜かれ、「首相が陛下を騙し奉った」などということが書き立てられれば、世の騒擾《そうじょう》は極に達するだろう。そう牧野は言うのだ。

「ことに党弊深甚《とうへいしんじん》の現状においては、国民はただただ至尊《しそん》のご聡明に信頼し奉る一事をもって、わずかに意を強くするありさまです。いよいよの時機に聖慮があらわれることがあっても、やむを得ないと思います」

牧野の時代認識は〈党弊深甚〉である。つまり、デモクラシーの副作用として、政党を背景に、人格や能力の面で必ずしも適任とは言えない者が大臣になったり、贈収賄などのスキャンダルがつぎつぎと表面化したりしていた。その中、国民の唯一の期待は、〈至尊（天皇）のご聡明〉であるというのだ。そして、こうしたひどい現状では、政治上において〈聖慮（天皇の思し召し）〉があきらかになったとしてもやむを得ない、と言うのである。

けれども西園寺は、ならぬ、ならぬ、と言うばかりで、二人の見解が一致することはなかった。


田中はいよいよ、六月二十七日の午後一時半に参内し、他の政務事項とともに、張作霖の事件についても天皇に報告を行った。

「陸軍や関東軍、さらには満鉄にも命じていろいろと取り調べさせましたが、幸いにして日本の陸軍には犯人はいないということが判明いたしました。しかし、とにかくその事件の起こったことについては、当然、警備上の責任者の手落ちであったわけですから、これについては行政処分をもって始末いたします」

そして田中は、村岡関東軍司令官を予備役に入れ、実行犯である河本大佐を転任させるという処分案を示した。

天皇は顔色を変え、怒声を発した。

「お前が最初に言ったことと違うではないか。辞表を書くか？」

天皇は牧野の意見に従ったわけだが、田中はその叱責を、それほど重いものとは受け止めなかった。ぺこぺこと頭を下げた上で、言葉をつづけた。

「以前に申し上げたことと、今回申し上げることとのあいだに違いがあることにつきましては恐懼《きょうく》のいたりでございますが、これには理由のあることでございまして――」

「もうよい。弁解など聞きたくない」

「誠に恐懼いたします。しかしながら――」

「本件はもうよいと言っている。他の問題に移れ」

　仕方なく、田中はそれ以上、張作霖事件の問題については触れず、他の政務についての上奏を行って御前を退いた。

このときのやり取りや、天皇の様子について、田中が閣議の席で話したところ、閣僚たちから「もう一度、事情をきちんとご説明申し上げてくるべきだ」という声が上がった。なかには、「一国の宰相として、輔弼の重任にあたる者が、このように軽々しく扱われるとは困ったことだ。陛下をお諫《いさ》め申し上げなければならない」と言う者までいた。

そこで翌日、田中はふたたび参内し、鈴木侍従長に面会した。そして、天皇への拝謁を願い出た。

目も合わさず、渋い顔で田中の言葉を聞いていた鈴木は、

「いちおう、お取り次ぎはいたしますが、おそらく無駄でしょう」

と言って、奥へ入っていった。やがて首を横に振りながら、田中の前に戻ってきた。

「やはり陛下は、総理には会いたくないと仰せです」

「なんですって――」

「陛下は『田中の言うことはちっともわからない。ふたたび話を聞くことは、自分は嫌だ』と仰せでしてね……」

そのときになってようやく、田中は事の真の重大さに気づいた。そして、涙を流して宮中を退下《たいげ》した。

天皇が総理大臣の話は聞きたくないと言って面会を拒めば、輔弼の任になど当たれるはずがない。田中は閣僚の辞表をまとめ、七月二日、天皇に奉呈した。

田中内閣の総辞職について、報知新聞は〈天譴《てんけん》遂にその頭上に降りて、千載の下不臣の醜名を残すも、所詮は身から出た錆《さび》〉などと報じた。つまり、今度の田中の総辞職が〈天譴〉すなわち天皇に叱られた結果であると、はっきりと書いたのである。しかも、同紙が〈内閣瓦解《がかい》の報伝わると共に、至る所歓呼を以てこれを迎へ〉と記したり、時事新報が〈二年余に亘る不人気、不評判の内閣が退却するの一事は、一般に大歓迎せらる所〉と記したりしたように、新聞各社の論調はおおむね、国民もそれを歓迎しているとして、好意的に評価するものであった。

こうした報道が正しいとすれば、まさに牧野が主張していたように政治的危機に〈至尊のご聡明〉が発揮されたのであり、国民は、「英邁な天皇が、腐り切った政党政治家をやっつけた」として、ますます天皇を慕う気持ちを募らせたことになる。

だが、西園寺は苦り切った。田中への拝謁を天皇が拒否した翌日には、駿河台を訪れた小川平吉《おがわへいきち》鉄道相らの前で、

「陰謀者流の奴にも困るが、正直で馬鹿な奴にはなお困る」

と、不満をぶちまけている。

「世の中には議会中心主義を標榜《ひょうぼう》する者があるいっぽう、君権神聖論を主張する者がある。とりわけ今度のような場合、『金銭の力によって議会の多数を制し、悪政が連続するのを止めることができなければ、国家の前途は寒心に堪えないではないか。だから、陛下のご威光で田中内閣のようなものは倒さなければならないのだ』と言う者がある。しかしだ、悪政かどうかは、何を標準として決めるのだ？　何人がこれを決定するのか？　これはきわめて危険なことだぞ」

西園寺としても、田中総理のこれまで行ってきたことが褒められたものだとは思っていない。しかし、あるときには善政とされていたことが後には悪政とみなされることも、またその逆のこともあり得るわけだ。よって、〈神聖ニシテ侵スヘカラス〉と規定された御方は、一時の善悪を超越していなければならない。西園寺に言わせれば、「悪い総理がやっつけられたのだからよいではないか」などと喜んでいる者は〈正直〉ではあろうが〈馬鹿な奴〉以外の何者でもないのである。

一つの内閣が総辞職すれば、元老は参内し、次の総理大臣を奏薦しなければならない。矍鑠《かくしゃく》としてはいるものの、やはり歳相応の、危なっかしい足取りでやってきた西園寺に、天皇はいつものごとく椅子を賜った。

対座したフロックコート姿の西園寺は、汗まみれで、息も荒かった。ちょうど梅雨の、蒸し暑いさかりである。次期総理として立憲民政党総裁の濱口雄幸の名をあげたのち、のぼせたような真っ赤な顔で話し出した。

「陛下のようなお若い方にはわからないでしょうが、歳を取るとは情けないものでございます。まったく、情けない……」

たしかに、自分が八十いくつになることなどまだ想像もできなかった天皇は、困惑しながら話を聞いた。

「もう誰も、私の言葉になど耳を傾けてはくれないのでございます。長年信頼してきた内府すら、もう私の話には耳を貸してくれません。これは私の力不足でございます。こうなってはもう、なかなか陛下のご用にも立ちません」

小さな老人は、口を尖らせてしゃべりながら、顔をますます赤くしてゆく。この場で倒れはしまいか、と天皇は心配になった。

「しかし、これから私が申し上げることは、余人は誰も聞いてくれなくても、陛下にだけはよくお聞きになっていただきたく存じます。おそらく、この世でおわかりくださるのは、ご聡明な陛下だけでありましょう。陛下すらおわかりくださらないとなれば、この西園寺、死んでも死にきれません」

「そうか、わかった。よく聞こう」

そこで西園寺は、今度の内閣退陣劇について苦言を呈しはじめた。

いわく、天皇がみずからの一存で一つの内閣を倒し、また、新たな内閣を立てるということになれば、もはや立憲君主ではなく、専制君主である。それでは、大日本帝国憲法を定めた明治天皇の聖旨《せいし》に背くことにもなるし、失政があった場合、その責任は直接、天皇が負わなければならないことにもなる。天皇や皇室は本来、「悠久の日本」を体現し、時々の権力から超然としていなければならない。そのような存在であることをやめたとき、場合によっては将来、国民の怒りや不満が天皇に直接向けられ、革命が起こることにもなりかねないだろう、と。

西園寺の熱弁を聞くうち、自らの治世をはじめたばかりの天皇も「なるほど、天皇とはそのような者か」と納得し、反省した。しかしとりわけ、天皇の自省が深まったのは、総辞職から三ヶ月足らずの九月二十九日に、田中が心臓発作のため、急死したことによってであった。

田中は以前から、狭心症の持病を抱えていた。だから、何もなくても余命はほとんど残っていなかったのかもしれないが、多くの人が「田中は、天皇に叱られたショックのあまり死んだ」と噂したし、天皇自身もまた、「ひょっとすると、田中を死なせたのは自分かもしれない」と思わないではいられなかった。青年天皇はみずからの立場の、尋常《じんじょう》ならざる重さを痛感したのだった。

のちに天皇は田中内閣を総辞職に追いやったことについて〈私の若気の至りであると今は考へてゐる〉と言い、〈この事件あつて以来、私は内閣の上奏する所のものは仮令自分が反対の意見を持つてゐても裁可を与へる事に決心した〉、あるいは〈この時以来、閣議決定に対し、意見は云ふが、「ベトー」は云はぬ事にした〉と振り返っている（『昭和天皇独白録』）。

ベトー（veto）とは拒否権のことだ。これは閣議決定だけでなく、軍の統帥についても言えることだが、以降、天皇は、臣下がきちんとした手続きを踏んだ上で決定したことに対して、「そのようなことをして、然々《しかじか》の恐れはないか？」とか、「こういう結果となった場合にはどのような対策を取るつもりか？」などと質問することはあっても、「ノー」を突きつけることはしなくなったのである。

四

明治以来、近代化に努め、急速な発展を遂げてきた日本は、第一次世界大戦後には国際連盟の常任理事国になるなど、文字通り世界の「一等国」の仲間入りを果たした。ところが、新帝の日本の前途には暗雲が垂れこめていく。国内外の複雑な情勢の下、国家は迷走し、どんどん隘路《あいろ》にはまりこんでいった。

張作霖爆殺事件によって、日本の国際的威信がゆらぎ、かえって満蒙特殊権益の経営に支障を来《きた》すような情況になると、関東軍の将校はふたたび謀略を行う。奉天郊外の柳条湖で満鉄の線路をみずから爆破しておきながら、これを国民党軍の仕業として、大規模な軍事行動を行い、満洲全土を占領下に置いたのである。その上、清朝の廃帝（宣統帝）、愛新覚羅溥儀《あいしんかくらふぎ》を執政に立て、占領地を「満洲国」として独立させる。しかしこれによって、日本はいっそう激しい国際的批判を招き、国際連盟も脱退して、孤立化の道を歩む結果となった。

さらに日本を追い詰めることになったのが、昭和十二年七月の盧溝橋《ろこうきよう》事件をきっかけにした支那事変（日華事変、日中戦争）である。

清朝末期に締結された北京議定書の定めに従い、日本は北京周辺に軍隊を駐屯させていたが、その兵が盧溝橋付近で演習中、国民党軍から発砲され、両者のあいだで小競り合いが起こったのだ。現地の司令官同士では、ただちに手打ちの話し合いが持たれ、事態はすぐに収拾するかに見えたものの、東京の陸軍中枢や政府当局者において、相手への侮《あなど》りから不手際が相次ぎ、大規模な戦争へと発展してしまう。中国大陸の利権を日本と争っていたアメリカやイギリスが国民党側を支援したこともあって、収拾の目処《めど》はまったく立たなくなった。

日中の戦争が長引く中、アメリカやイギリスは次第に、日本に対する経済制裁を強めていった。物資不足におちいった日本は、東南アジアの「南方資源地帯」への進出を考えるようになる。そして、第二次世界大戦でフランスがドイツに屈服すると、資源確保と同時に、米英による蔣介石支援ルート（援蔣ルート）を遮断する目的で、日本はフランス領インドシナ（仏印。現在のベトナム、ラオス、カンボジアに相当）へ軍を進めた。はじめは北部のみへの進駐であったが（昭和十五年九月）、やがては南部にも兵を進める（昭和十六年七月）。その結果、アメリカはとうとう、日本への石油禁輸措置を採った。

日本は、石油のほとんどをアメリカからの輸入に頼っていたが、この時点での備蓄量は一年半分から二年分と考えられた。すなわち、このままアメリカの禁輸措置がつづけば、遅くとも二年後には、軍艦も、軍用機もいっさい動かせなくなる。いやもちろん、油によって動かしている民間用の産業機械も、船や車などの輸送手段もすべて停止するのだから、日本は国家として破滅しなければならないことになるわけだ。

ここまで追い詰められると、イギリス、オランダ、アメリカなどの植民地となっている南方資源地帯、中でもとりわけ油田地帯があるオランダ領東インド（蘭印。ほぼ現在のインドネシアに相当）を実力で押さえようという意見が一気に高まる。もちろん、アメリカとの国力差や、国民党との戦争の長期化に鑑《かんが》みて、「新たに南方で戦争をはじめ、結果としてヨーロッパの戦争に巻き込まれることは避けるべきだ」との慎重論を唱える者も少なからずいた。そうした慎重派と、「座して死を待つくらいならば、一か八か国運を賭して戦うべきだ」と唱える積極派とが対立するようになるのである。

ときの総理は、近衛文麿《このえふみまろ》だった。これは二度目の組閣（第二次、第三次）で、第一次内閣（昭和十二年六月〜十四年一月）のときには支那事変が起こり、その和平交渉に行き詰まった近衛は、政権を投げ出していた。しかし、前年の七月に、この国難に対処できるのは、摂関家《せっかんけ》筆頭の家柄で、宮中ともつながりがあり、また、国民的人気も高い近衛公爵しかいないと見なされ、再登板することになったのだ。

この近衛内閣のもとで、「外交交渉をしてもうまくいかない場合、十月上旬にはただちに開戦を決意し、だいたい十月下旬には戦争準備を完了させる」という国策（帝国国策遂行要領）がまとめられていく。

この要領は、九月三日の大本営政府連絡会議で了承され、五日には閣議決定された。そして、翌六日には、天皇親臨の御前会議に付議される運びとなった。

御前会議は通常、出席者たちが事前に協議を遂げたものに、天皇が形式的に裁可を与える場に過ぎなかった。ところが五日、この国策遂行要領についての近衛からの内奏を聴いた天皇は、強い懸念を述べた。

「この要領を見ると、第一に戦争準備を記し、第二に外交交渉をあげている。何だか、戦争が主で、外交が従であるかのごとき感じを受けるが……この点について、明日の会議で、統帥部の両総長に質問したいと思うのだが」

近衛はうろたえた様子を見せた。御前会議の席上、天皇が陸軍の参謀総長や海軍の軍令部総長に国策要領について疑問を呈し、再考をうながしたりすれば、憲法上、問題が生じかねないからだろう。

「統帥部にご質問の思し召しがございますのならば、御前会議においてというのは場所柄いかがなものかと考えられます。いま、ただちに両総長をお召しになりましてはいかがでございましょうか？」

天皇はうなずき、命じた。

「二人をすぐに呼べ」

杉山元《すぎやまはじめ》参謀総長、永野修身《ながのおさみ》軍令部総長が参内すると、天皇はさっそく、戦争が主で外交が従の観がある、との懸念をぶつけた。それに対して両総長はそろって、国策要領の趣旨は外交が主であるが、戦争が避けられない場合に対処しておくということだ、と説明した。

つづいて、天皇は杉山参謀総長に、南方作戦の見通しについて質《ただ》した。杉山は自信たっぷりに、以下のように説明する。

「海軍との共同研究によれば、南方攻略はだいたい五ヶ月で終了し得るものと考えております。すなわち、フィリピンに一ヶ月半、マレーに約百日、それに蘭印攻略を入れて約五ヶ月であります。しかしなお、できうる限り、この時日の短縮に努めたいと存じます」

「予定通りいかぬこともあろう？」

「もちろん、これはあくまでも作戦でありますから、予定通りにいかぬこともありましょう。ただし、ただいま奉答いたしました案は、幾回にもわたり、陸海軍で共同研究をして得た結論であります」

天皇は、杉山に詰め寄った。

「支那事変のはじめに、お前は陸軍大臣として閑院宮《かんいんのみや》といっしょになって、速戦即決を主張したな。しかし、どうだ。いまにいたるまで、事変は長々とつづいているではないか。考え違いをしたのか？」

国民党との戦争がはじまった昭和十二年当時、杉山は第一次近衛内閣の陸相で、閑院宮載仁《ことひと》親王は参謀総長であった。

田中義一を叱責したときからは、十年以上の月日が経ち、天皇も四十代となっている。だから、あのときのように感情をむき出しにすることはなく、あくまでも冷静な口調を保ちつつも、図上研究などというものがいかに当てにならないかを、ずばりと指摘してやったのである。

「まことに恐縮のほかありません」

頭を下げるばかりの杉山の姿を見て、隣の永野軍令部総長が代わって述べた。

「しかしながら、このままではジリ貧でございます。時機を逸して数年の後に自滅するか、それともいまのうちに国運を引き戻すか、決心をしなければならぬときがございます」

「勝つか？　絶対に勝つと言えるか？」

天皇はまた問うた。君主らしい声の出し方、話し方とはどのようなものであろうかと慎重に考えながら。

すると、永野も口ごもった様子になる。

「いや、それは……」

「どうなのだ？　決心をして、必ず勝てるのか？」

「いえ、必ず勝つとは奉答しかねますが、しかし、全力を尽くして邁進《まいしん》するほかはございません」

両総長の言葉は、なんとも心許《こころもと》ないが、二人が「これでいくしかありません」と繰り返せば、天皇にできることはもはやなかった。「そのような無謀な国策は認められない」というベトーは行使できないからだ。よって、しぶしぶながら、天皇は最後にこう答えざるを得なかった。

「わかった。承認しよう」

翌六日、午前十時より、宮中は「東一の間」で、予定通り御前会議は開かれ、帝国国策遂行要領は裁可された。だがこの席上、天皇がみずから発言するという異例の事態が起きる。天皇は懐中より紙片を取り出し、驚きを隠さない一同に向かって、一首の和歌を読み上げた。

四方《よも》の海みなはらからと思ふ世に
など波風のたちさわぐらむ

これは、明治天皇の御製《ぎょせい》であった。「四方の海（に暮らす人々）はみな同胞だと思う世にあって、どうして波風が立ち騒ぐのだろうか」といった意味だ。

「私はつねにこの御製を拝誦して、故大帝の平和愛好のご精神を紹述せんと努めておるものである」

天皇は、議題となっている国策要領に「ノー」と言ったわけでも、「戦争準備を行うな」と命じたわけでもないから、立憲君主としての規矩をはずれてはいない。しかしそれでも、「戦争は極力避け、外交に努力すべきではないか」という思いを、国の指導者たちに示したのだった。

だがその後、外交交渉ははかばかしく進まず、かといって戦争に踏み切る決断もできなかった近衛は、その年の十月、また政権を投げ出してしまう。

すでに元老の西園寺はこの世になかったから（前年の十一月に九十二歳で死去）、首相奏薦は首相経験者や枢密院議長らで構成される重臣会議に委ねられていた。会議の取りまとめ役である内大臣、木戸幸一侯爵の提案に従い、重臣たちは近衛内閣の陸相、東條英機を次の総理大臣に奏薦することにした。

東條はそれまで、対米強硬派と見られていた。しかし彼ならば、陸軍内の強硬派を抑え、場合によっては帝国国策遂行要領を撤回してまで、なお外交交渉を継続できるだろうとの期待を込めた奏薦だった。重臣たちのあいだでは、対米英戦は回避すべきだという意見が主流だったのだ。

この旨を木戸から聞いた天皇も、

「いわゆる、虎穴《こけつ》に入らずんば虎児《こじ》を得ずということだね」

と応じている。

天皇に呼ばれ、組閣の大命を謹んで受けた東條は、その後、控室で木戸内府と会談した。そこで木戸から、「あくまでも日米間の問題を外交的に解決することを陛下は望んでおられる」と告げられる。

木戸の発言はもちろん、天皇と相談の上のことであった。天皇は総理大臣に対してあからさまに、すでに決定済みの国策に「ノー」とは言えない。よって、内大臣を通じて内々に、「場合によっては帝国国策遂行要領を白紙撤回してもらいたい、というのが自分の本心だ」と伝えたのだ。

木戸の話を聞いた東條は、当初の「十一月上旬開戦」という期限を超えてもなお、軍内の強硬派を抑え、外交的解決を目指した。しかしながら、日本時間の十一月二十七日に、アメリカのコーデル・ハル国務長官が、これまでの交渉経緯を全く無視した、日本側が決して呑めないとわかりきった提案（ハル・ノート）を突きつけてくる。アメリカ側は「もはや交渉は打ち切り、戦争で決着をつけようではないか」と言ってきている、と見た東條内閣は、開戦を決意した。

天皇もその決定を裁可し、対米英宣戦布告の詔書《しょうしょ》に署名した。言うまでもないことだが、その詔書には、各国務大臣が副署している。

五

昭和十六年十二月にはじまった戦争の、その後の経過については、あらためてここに記すまでもない。南方資源地帯を軍事的に押さえるという当初の目標は達成したものの、日本が優勢に戦えたのは緒戦のうちだけであった。戦争指導も次第に困難になり、政権も東條内閣、小磯国昭内閣、鈴木貫太郎内閣と替わっていった。同盟国であったイタリアもドイツも敵に降伏してしまい、国土は空襲で焼かれ、天皇の宮殿すら灰になった。沖縄では悲惨な地上戦が行われ、広島と長崎には原子爆弾を落とされて、最後は中立条約を結んでいたはずのソビエト社会主義共和国連邦が日本に宣戦布告をする事態となった。

ソ連軍の侵攻が伝えられた昭和二十年八月九日の午後十一時五十分ごろから、宮城内の御文庫地下壕の一室で、鈴木総理大臣、阿南惟幾陸軍大臣、梅津《うめづ》美治郎《よしじろう》参謀総長、平沼騏一郎枢密院議長、米内光政海軍大臣、東郷茂徳《とうごうしげのり》外務大臣、豊田副武《とよだそえむ》軍令部総長らが出席して、御前会議が行われる。議題は、連合国側の降伏勧告であるポツダム宣言を受諾するか否かであった。

東郷外相、米内海相、平沼枢相はポツダム宣言受諾を主張、阿南陸相、梅津・豊田両総長は死中に活を求めるとして、本土決戦を主張した。両者はお互いに譲らない。最後は、鈴木総理が席を立ち、天皇の前に進み出た。

「議を尽くすこと、すでに数時間に及びまするが議決せず、しかも事態は、もはや一刻の遷延《せんえん》をも許しませぬ。まことに異例で畏《おそ》れ多いことながら、この際は聖断を拝して会議の結論といたしたく存じます」

それに対して、天皇はときおり言葉を詰まらせながら、こう言った。

「本土決戦、本土決戦と言うけれど、一番大事な九十九里浜の防備もできておらず、また決戦師団の武装すら不十分であって、これが充実するのは九月中旬以降まで待たなければならないそうだ。飛行機の増産も思うようにいっていない。これでどうして戦争に勝つことができるか？　もちろん、連合国側が言う軍隊の武装解除や戦争責任者の処罰などは、彼らが忠誠を尽くした人々であることを思うと、実に忍びがたいものがある。しかし今日は、忍びがたきを忍ばねばならぬときと思う」

つまり、宣言受諾しかないと述べたのだ。一同からは嗚咽《おえつ》が漏れた。

「会議は終わりました。ただいまの思し召しを拝しまして、会議の結論といたします」

鈴木はさっさと宣言し、一同は散会したから、一時はこれで、ようやく国論はまとまるものと思われた。ところが、紛糾はなおもつづく。

ポツダム宣言の英語原文について、陸軍内から疑義が呈されたのだ。宣言は実は、日本の国体護持を認めていないのではないか、すなわち、敗戦後の日本は、もはや天皇を戴く国のままではいられなくなるのではないか。そういう疑いが持ち上がり、ふたたび受諾反対の声が高まってしまった。この点、連合国側に直接問い合わせてみても、明確な返答は得られなかった。

そこで、八月十四日午前十一時より、閣僚全員、最高戦争指導会議構成員、それに枢相が加わるという異例の御前会議がふたたび開かれることになる。

「ここに重ねて聖断をわずらわし奉るのは、罪軽からずと存じまするが、この席において反対の意見ある者より親しくお聞き取りの上、重ねて何分の御聖断を仰ぎたく存じます」

鈴木がそう言った後、ポツダム宣言受諾に反対する者たちはそれぞれに意見を述べた。しかし、天皇の考えは、九日の夜のときと変わらなかった。

「自分はいかになろうとも、万民の生命を助けたい。この上、戦争をつづけては、結局、我が邦がまったく焦土となり、万民にこれ以上、苦悩を嘗《な》めさせることは私としてじつに忍びがたい。祖宗の霊にもお応えできない。和平の手段によるとしても、もとより先方のやり方に全幅の信頼をおきがたいのは当然であるが、日本がまったくなくなるという結果にくらべて、少しでも種子が残りさえすれば、さらにまた復興という光明も考えられる」

天皇が落涙しつつ訴える姿に、出席者たちの多くが啼泣《ていきゅう》の声をあげた。阿南陸相などはなお、慟哭《どうこく》して宣言受諾反対を唱えたが、天皇が翻意することはなかった。彼はさらに、こうも言った。

「この際、私としてなすべきことがあれば何でもいとわない。国民に呼びかけることがよければいつでもマイクの前にも立つ」

この二度目の「聖断」の結果、八月十五日の正午から、終戦の詔書を天皇自身が読み上げる「玉音放送」がなされたのである。

天皇はのちに、「自分は二・二六事件のときと終戦のときの二回だけは、立憲君主としての道を踏みまちがえた」などと回想している。

二・二六事件のときには、総理官邸が叛乱軍に襲撃され、岡田啓介総理大臣の生死も不明となって、政府の機能は麻痺した。その中、天皇は断乎として叛乱軍討伐の方針を打ち立て、事態を収拾させた。そして終戦のときには、首脳たちの意見が対立し、方針を決められなくなるに及び、天皇はみずからポツダム宣言受諾を決定した。事の当否は別にして、立憲君主としての「常道」は踏みはずしたという思いを天皇は持っていたのだろう。

また、天皇が立憲君主としての常道を踏みはずした事跡に、田中内閣の総辞職を加える人もいる。田中辞職、二・二六事件の叛乱軍討伐、ポツダム宣言受諾の三度だけは、天皇は憲法の条規に従わず、余人の輔弼《ほひつ》を待たずにみずから決定したと考えられるからだ。

しかしいずれにせよ、「聖断によって戦争が終わった」ということは、天皇の美談となったいっぽうで、その戦争責任を問う声を惹起《じゃっき》することにもなる。「戦争を終わらせられたのなら、なぜ開戦を阻止できなかったのか」というわけだ。

とりわけ、占領軍当局によって、戦争犯罪人の逮捕指令が次々と出された終戦直後は、新聞紙上でも、天皇自身が訴追される可能性や、退位論などがしばしば取り沙汰された。

もちろん、天皇が表立って、新聞記事に論争をいどむなどということはありはしない。

しかし、藤田尚徳侍従長は、天皇が自分に、およそ次のような思いを打ち明けたと言っている。

「戦争を終わらせられたのならば、はじめから開戦を阻止すればよかったではないか、というのは一見、筋が通っているようではあるが、違う。戦争をはじめたときには、輔弼者たちが閣議決定をしてきたから裁可する以外に選択肢はなかった。しかし、終戦のときには、輔弼者たちは意見をまとめられないから、私に決めてくれと言ってきた。だから、私はもう戦争は終わらせるべきだと意見を述べ、それに従って閣議決定がなされたのだ」

昭和二十年の十二月二十日から、朝日新聞紙上に十一回にわたって、近衛文麿の手記が掲載されている。彼も戦争犯罪容疑で巣鴨拘置所に出頭を命じられたが、最終期限の十二月十六日未明、服毒自殺した。

手記の中で近衛は、自分が総理大臣であった頃を振り返り、次のように言う。

……日米交渉難航の歴史を回想して、痛感せらるゝことは統帥と国務の不一致といふ事である。抑《そもそ》も統帥が国務と独立してをることは歴代の内閣の悩む所であつた。今度の日米交渉に当つても、政府が一生懸命交渉をやつてゐる一方軍は交渉破裂の場合の準備をどしどしやつてゐるのである。しかもその準備なるものが、どうなつて居るのかは、吾々に少しも判らぬのだから、それと外交と歩調を合せる訳に行かぬ。

そして、日本が対米英戦を行うにいたったのは、天皇が「不可」とはっきり言わず、批評家のような態度を取っていたからだとも言う。また、その批判の矛先は、西園寺や牧野にも向かう。すなわち、天皇が遠慮がちなほどに滅多に自分の意見を言わなかったのは、西園寺公や牧野伯などが英国流の憲法の運用をすべく、〈イニシアチーブ〉を取れないように天皇を感化したからだ、と言うのである。

　殊に統帥権の問題は、政府には全然発言権なく、政府と統帥部との両方を抑へ得るものは、陛下たゞ御一人である。しかるに陛下が消極的であらせられる事は、平時には結構であるが、和戦何《いず》れかといふが如き国家生死の関頭に立つた場合には障碍が起り得る場合なしとしない。

近衛の論は、日本が戦争によって壊滅的な状態に陥ったのも、自分が自殺しなければならなくなったのも、天皇が消極的であったせいだ、と言っているようにも読める。

天皇はこの記事についても、側近に、

「近衛は自分にだけ都合のよい事を言っているね」

と語っている。


戦後、天皇が積極的に行ったのは、戦争で苦しみ、傷ついた人々を励ますために、全国各地を巡幸することだった。背広姿の天皇が、全国津々浦々をめぐり、一般の国民に親しく声をかけるなど、戦前、戦中では考えられないことである。

いっぽうで戦争責任論や退位論などが語られながら、天皇の行くところ、黒山の人だかりができ、「天皇陛下万歳」の声が響き渡った。当時の日本はみじめな敗戦国となり、軍隊も解体され、我が物顔の占領軍に居座られている。一時は国旗を掲げることすら許されなかった。その中で、悠久の歴史を持つ日本がなお辛うじて存続していることを国民が実感できたのは、天皇が存在し、人々を励ましているという事実によってのみであったのかもしれない。

巡幸で目立ったのは、天皇が少年少女に非常に好かれたということだ。天皇も子供は大好きだったが、その気持ちが子供たちにもおのずと伝わったものと思われる。

昭和二十二年五月三日には、天皇を日本国および日本国民統合の〈象徴〉とし、〈国政に関する権能を有しない〉と定めた日本国憲法が施行されたが、その約一月後の六月四日から、関西巡幸が行われた。京都府では天皇は、引揚寮である高野川寮を訪問している。ちなみに引揚寮とは、朝鮮、台湾、樺太などのかつての海外領土や満洲などから引き揚げてきた人々が、一時的に生活する救護施設だ。

天皇は一室ずつめぐって引き揚げ者たちを慰問した。天皇が一つの部屋から別の部屋に移ると、それまで彼がいた部屋に新聞記者たちは駆け込んだ。記事の取材のため、「陛下は何とおっしゃっていたか？」と尋ねるのである。そのうち、七歳のある子供はこう語った。

「きょうは陛下が来てくださって嬉しかった。ただ、お供が多かったし、すぐにお帰りになってしまったのが寂しかった。この次は、陛下お一人で来てくださって、一日僕の遊び相手になってほしい」

同年十月下旬からの北陸地方巡幸で、福井県吉田郡東藤島村の高志第二農業技術指導農場を訪れたときには、農場長の説明を受けながら、たわわに実った稲穂を見るうち、地元の人々が大勢集まってきた。

天皇が御料車《ごりょうしゃ》のほうへ引き返すべく歩き出すと、群衆もついてくる。中には、十五、六歳と見える二人の少年がいた。人の波の中でもがきながら、そのうちの一人が言った。

「天皇陛下って、優しい、ええお方や。うち大好きや。もういっぺん見て来にゃあ」

人ごみをかきわけ、前に出た少年たちは、天皇が車に乗り、出発するころ、すぐそばに来た。嬉しそうに笑って手を振る。天皇もソフト帽を右手で掲げて笑顔で会釈をし、去っていった。

天皇のほうももちろん、巡幸中の国民との、とりわけ子供たちとの触れ合いを悦《よろこ》びとしたが、それはいつも楽しい経験であったわけではない。

昭和二十四年五月の九州巡幸では、佐賀県三養基郡基山町《みやきぐんきやまちよう》にある因通寺へやってきた。同寺には引き揚げ孤児が暮らす洗心寮があった。

そこで待っていた子供たちひとりひとりに、天皇は声をかけていった。

「どこから？」

「満洲から帰りました」

「ああ、そう。おいくつ？」

「七つです」

「そう。立派にね。元気にね」

そのようなやり取りをするうち、二つの位牌を胸に抱いた小さな女の子に天皇は目を留めた。

「お父さん、お母さん？」

「はい。これは、父と母の位牌です」

「どこで？」

「父はソ満国境で名誉の戦死をしました。母は引き揚げの途中、病のため亡くなりました」

「では、お一人で帰ってきたの？」

「いいえ、奉天から葫芦島《ころとう》までは日本のおじさん、おばさんと一緒でした。船に乗ったら、船のおじさんたちが親切にしてくださいました」

「お淋しい……」

すると、女の子は気丈に言った。

「いいえ、淋しいことはありません。私は仏の子です。仏の子は亡くなったお父さんとも、亡くなったお母さんとも、お浄土にまいったら、もういちど会うことができるのです。お父さんに会いたいと思うとき、お母さんに会いたいと思うとき、私は御仏さまの前に座ります。そして、そっとお父さんの名を呼びます。お母さんの名を呼びます。すると、お父さんもお母さんもそばにやってきて、私をそっと抱いてくれるのです。私は淋しいことはありません。私は仏の子供です」

天皇は右手に持っていた帽子を左手に持ち替えた。そして、右手で女の子の頭を何度も、何度も撫でた。

「仏の子供はお幸せね。これからも立派に育っておくれよ」

天皇は落涙していた。涙が眼鏡を伝い、畳の上にも落ちる。

そのとき、女の子は眼差しを天皇に向けて、つぶやいた。

「お父さん……」

天皇の目から、ますます涙があふれた。言葉をなくし、うん、うん、とうなずきながら、泣きつづけた。

因通寺を去った後、陽光に輝く新緑の中を、御料車は土埃を巻き上げながら走っていった。天皇のスケジュールは分刻みで決められており、次の視察地で待つ人々のために急がなければならなかった。

車の中で、天皇はあるいは、こう自問していたかもしれない。

近衛の言っていた通り、自分は立憲君主としてふるまおうとし過ぎたのだろうか。明治天皇の遺戒《いかい》を破り、西園寺の諫めにも耳を貸さず、専制君主として振る舞えばよかったのか——。

いや、これは天皇が生涯にわたって、何度も反芻《はんすう》した問いであったかもしれない。しかし、天皇の口から、その思索のありさまが明確に語られることはなかった。インタビューなどでも、彼は通り一遍のことは語っても、それ以上に突っ込んだ質問になると、

「当事者や子孫に迷惑がかかるかもしれない」

と言って、口をつぐんでしまうのだ。

天皇は悠久の日本を体現し、憲法では〈象徴〉と規定されている。自分以外の誰かを責めていると捉えられかねない発言を避けようとすることは、やむを得ないと言えるだろう。

六

　昭和五十年九月二十日、『ニューズウィーク』東京支局長、バーナード・クリッシャーによる単独インタビューにおいて、天皇は自らの役割について、戦前も、戦後も基本的に変わっていないと言った。自分はつねに憲法を厳格に守るよう行動してきた、と。そして、終戦のときと、開戦のときの役割については、少し考えてから、こう答えている。

「戦争終結の際、私はみずから決定を下しました。それは首相が閣内で意見をまとめあげることができず、私に意見を求めたからです。私は自分の意見を述べ、それに基づいて決断しました。開戦時には閣議決定があり、私はその決定を覆《くつがえ》すことはできなかった。これは帝国憲法の条項に合致すると信じています」

　このインタビューにおいては、クリッシャーは次のような興味深い質問も行っている。

「陛下は一日でも一般の人になって、誰にもまったく気づかれず、皇居を抜け出し、気ままに振る舞ってみたいとお考えになったことはありませんか？」

　天皇はにこりとした。

「心の底では、いつもそれを望んできました。マーク・トウェインの『王子と乞食』のようなものでしょうか。しかし、もしそれが実現したとしても、結末はおそらく物語と同じようなことになるのかもしれません」

クリッシャーも微笑んだが、しかし、戦争責任に関するやりとりをしたとき以上の緊張をおぼえていた。天皇の笑顔は、直視できないほどに眩しかった。

どぎまぎしつつ、クリッシャーは、結末は物語と同じになる、とはどういう意味だろうかと考えた。『王子と乞食』において、自分と瓜二つの乞食の少年と間違えられた王子（のちのエドワード六世）は、それまで見たこともない下々の世界を経験し、成長し、最後はまた宮殿に帰ってくる。あるいは天皇も、結局のところ、自分の居場所は宮殿にしかない、と言いたかったのかもしれない。天皇であるとは、自分の宿命だと思っている、と。

この笑顔の眩しさは、深い、深い諦念《ていねん》に裏打ちされた覚悟のせいか――。

クリッシャーはのちに、この三十分余りのインタビューを振り返って、

「私の記憶に残る天皇は、日本きっての紳士だ」

と述べている。

昭和六十四年一月七日、天皇は崩御した。宝算《ほうさん》は満八十七歳、数えで八十九歳である。

ただちに、皇太子であった明仁《あきひと》親王が新天皇に即位し、平成と改元された。

その後、侍従たちが昭和天皇の遺品を整理していたところ、机の引き出しから一枚の小さな、古ぼけた紙片が見つかった。裏には彼自身の字で、〈1921.6.21〉と日付が書き

込まれてあった。

それは、籠の鳥のような生活を脱して自由を楽しんだ、と昭和天皇が懐かしんだ、皇太子時代の渡欧のときの思い出の品だった。すなわち、パリで乗った地下鉄の切符である。勝手がわからず、握りしめたまま改札所を通り抜けてしまったあと、その切符は彼にとって、終生の宝物となっていたのだった。

解説

杉江松恋

比類なきイノセンスの物語として、私は中路啓太『昭和天皇の声』を読んだ。

innocenceに当たる適切な訳語をこの場合は思いつけないのでカタカナ表記となった。無垢、とすると純真さと混同されそうで意味合いが異なってくる。責任を負わない、とする語義のほうがまだ近い。あえて当てはめるならば、無色、だろうか。色がついていない。いや、何の色を帯びることも許されないという他に類例のない在り様を求められた人物を中心においたのが、この『昭和天皇の声』という小説なのである。

本書は五篇から成る連作短篇集である。単行本は、奥付表記に従えば二〇一九年八月十日に第一刷が刊行されている。私は全篇を初出の『オール讀物』掲載時に読んだが、最も感銘を受けたのが巻末に収録されている「地下鉄の切符」（二〇一九年二月号）だ。ある記念品が過去の懐かしい思い出を招き寄せるという類型を用いた短篇である。ではその地下鉄の切符とは誰が、いつ用いたものなのか、ということが物語運びの上で重要になってくる。すべての事実が明らかになったとき、読者の心には温かい感慨がこみあげてくるはずだ。

先ほど本作を無色の存在の小説と評したのは、中心人物が昭和天皇だからである。王侯、貴人を登場人物に配した小説は特別なものではない。日本の小説でも多くの作例があるが、それは近世以前に限定される。明治以降に即位した天皇が創作物に登場することは極めて珍しいのである。本作を除けば最近の例では、二〇一七年に『ビッグコミックオリジナル』で連載が開始された『昭和天皇物語』(小学館。永福一成・脚本、能條純一・作画)くらいではないか。半藤一利『昭和史 1926-1945』(二〇〇四年。現・平凡社ライブラリー)を原作とする作品であり、ノンフィクションの物語化という性格が強い。

たとえばイギリスでは、エリザベス二世が物語の主人公となるアラン・ベネット『やんごとなき読者』(二〇〇七年。現・白水Uブックス)のような作品が書かれている。他にも王室の血筋に連なる人物が登場する作品は枚挙に暇がない。なぜ彼の国ではそれが可能で、日本では天皇小説が書かれないのかという問いには答えを出すのが難しいが、一口で言えば制度の問題ではないかと思われる。現在の英国王室はヴィクトリア女王とドイツ・ザクセンの貴族だったアルバートの婚姻に端を発するウィンザー朝である。そこが起源であることは明確であり、比喩的に言うならばウィンザー家は英国王室の現在における管理者なのだ。存在のありようがはっきりしているので、これは実体の伴った人物として創作世界にも登場させやすい。だが、日本における天皇は違う。

日本国憲法の本文が「天皇は、日本国の象徴であり日本国民統合の象徴であって、この地位は、主権の存する日本国民の総意に基く」と記された第一条から始まることは周知の通りである。では象徴としての天皇とは何か。憲法学的な議論は他に譲り、あくまで小説執筆に話題を限定するが、象徴であると規定された対象を実体の伴った人物として物語世界に登場させることは困難を伴うはずだ。なぜならば、そこになんらかの意味を持たせようとした瞬間に、本来は帯びてはならない色彩によって天皇という存在は塗りつぶされてしまうからだ。不偏不党、無色透明であるということが本質であるのに、何らかの意味を持たせれば、それは元の対象物からかけ離れた作者の勝手な創造物になってしまう。

ではどうすれば天皇の持つイノセンスを維持したままで、彼を一個の人間として描き出すことができるのか。この難しい問いに挑んだのが前述の「地下鉄の切符」という短篇であり、この『昭和天皇の声』という作品集なのだ。『声』という一語が非常に巧みだと感じるのは、本書の中で天皇本人が発した言葉はごく僅かだからである。「地下鉄の切符」でも書かれているが天皇は「通り一遍のことは語っても」「それ以上に突っ込んだ質問になると」「当事者や子孫に迷惑がかかるかもしれない」と言って口をつぐんでしまったという。公式には自身の真意をほとんど表明したことがない人物であるから、周囲の証言や報道された事実などを元にそれを浮かび上がらせていくしかない。中路はそれに挑戦した。

『昭和天皇の声』は短篇集として素晴らしい一冊である。五篇のうち、雑誌掲載の順では四番目にあたる「地下鉄の切符」が掉尾《ちょうび》に置かれているのは、本全体の主題に関係する作品だからだろう。その前に置かれた「転向者の昭和二十年」（二〇一九年五月号）が、実際には最後に発表された作品である。一九二五年に成立した治安維持法によって日本共産党は違法の政治団体とされて弾圧を受ける。地下化した同党において、たまたま委員長の座に就くことになった田中清玄という人物が本篇の主人公である。

田中は逮捕された後に転向するが臨済宗の僧侶である山本玄峰と出会って宗教者として回心し、同時に天皇の信奉者となる。彼の数奇な人生を描いた一篇で、この中に出てくる会話の一節が、実は「地下鉄の切符」の重要な伏線になっている。読者の興を削ぐといけないので細かくは説明しないが、明治憲法と敗戦後の憲法で国家体制は大きく変化した、という通念がある。だが、その中で一つだけ変わらないことがあった、という発見がおそらく中路が『昭和天皇の声』という作品を構想した原点にある。それまでの三篇で状況が描かれ、「転向者の昭和二十年」で理解に至るための糸口がつけられる。そして「地下鉄の切符」で主題が大きく展開されるという連作の構成なのだ。

前半三篇は、昭和天皇の統帥権を巡る群像劇になっている。明治憲法では国軍統帥の最高位には天皇が置かれていた。このため、国民選挙によって政権を託された内閣が軍の動向を掌握できないという事態が発生してしまう。政党政治は必ずしも潤滑に行われていたわけではなかったため、それに対する不満が現行政権を暴力で転覆させるべきである、というテロリズムに誤った根拠を与えてしまう。誤った、と書くのは、その暴力の担い手として利用されたのが軍だからである。本来は国体を守るべき軍が国体を破壊するために使われたのが一九三二年の五・一五事件であり、一九三六年の二・二六事件であった。

巻頭の「感激居士」（二〇一八年十二月号）は、五・一五事件と二・二六事件の間に起きた出来事で、北一輝の思想に感化された相沢三郎中佐という陸軍軍人を巡る物語である。相沢は論理よりも自身の感情を優先するたぐいの人物であった。だからといって何ら悪意があるわけではなく、あくまでも正義のために行動しているつもりなのである。理路整然と説かれると議論を放棄して自分だけの世界に逃げ込んでしまう。「今は口の時代ではありません」などと相手の論理を否定するやり方は、「話せばわかる」と言った犬養毅を「問答無用」と射殺した五・一五事件の青年将校を彷彿とさせる。時代を支配していた空気を極端な形に煮詰めたのが相沢なのだろうが、彼の頑なさや、自らが正義であることを疑いもせずに他を攻撃する心のありようは、現代人にも共通したものを感じさせる。

作者自身が言及しているように相沢こそは〈劇的アイロニー〉の主人公だ。間違った信念の持ち主がそれと気づかぬままに行動して悲劇を引き起こす。その皮肉を描いた物語であり、極端なキャラクターの持ち主を中心に据えた性格悲劇と言うことができる。

続く「総理の弔い」(二〇一六年十二月号)は二・二六事件の一幕を描いたものだ。官邸で蹶起軍の襲撃を受けたものの、岡田啓介総理大臣は生き延びた。襲撃者が、岡田の義弟である松尾伝蔵陸軍退役大佐を彼と誤認して殺害したからだ。死んだと思われていた首相が生きていることを知った外部の者たちが、蹶起軍の包囲網を掻いくぐって彼をいかに救出するか、と作戦を練るというのが本篇の内容である。これは密室状況からの脱出劇と言えよう。三篇目の「澄みきった瞳」(二〇一八年四月号)は太平洋戦争の幕引きをした総理大臣である鈴木貫太郎と、その妻たかが主役である。鈴木も二・二六事件で襲撃を受けて瀕死の重傷を負ったが九死に一生を拾った。その彼がたかに対して発した言葉、はるか時代が降った後に彼女が夫の思いを汲んでとった行動と、その二つが初めは真意が伏せられた形で書かれ、物語の結末で明らかにされるという構成になっている。登場人物の動機を問う、ミステリーのような構成なのである。鈴木が侍従長として昭和天皇の信任篤い股肱の臣であったということが、後半の二作につながる伏線にもなっている。

こうして見ると、本作の魅力が収録作の多様性にあることもわかってくる。異様な性格のもたらす悲劇、脱出劇の冒険譚、動機の謎で牽引するミステリー、数奇な生涯を送った人物の一代記と続くわけだ。それら物語の結節点に昭和天皇がいて、最終話でついにその中心人物が主役を務めることになる。「感激居士」に現代人の似姿を見出したように、各篇に時代を超えて今と通底する要素があり、それについて思いを巡らせるのも楽しい。

私は『昭和天皇の声』を、わかりやすい物語への批判としても読んだ。あいつは悪だ、だから罰しよう。奴がいなければ世界は平和になる、ならば取り除こう。そうした単純明快な言説は支持を集めやすいが、大きな声を上げる者の怖さを常に忘れないようにしなければいけない。だからこそ作者は、声を発することなく自身の正義を貫こうとした人物として、昭和天皇を物語の中心に据えたのではないか。難度の高い課題に挑んだ結果、他に類例のない歴史小説が出来あがった。昭和史に関心がない読者にこそ本書はお薦めしたい。これほどおもしろい短篇集はめったにないからだ。慎ましく、そしておもしろい。

極めて冷静に、可能な限り感情の爆発を排して、中路は昭和天皇という君主を描いた。空白を空白として、余計な色をつけないように細心の注意を払って。全体のしめくくりにあたる「地下鉄の切符」の結末は、だからこそ胸に迫るのだ。自分を語らない人の思いが、これほどまでに心を打つとは。声を聴こう。世界に放たれた、声なき人たちの声を。

（書評家）

【主要参考文献】

樋口季一郎『アッツ、キスカ・軍司令官の回想録』（芙蓉書房、一九七一年）
菅原裕『相沢中佐事件の真相』（経済往来社、一九七一年）
鬼頭春樹『実録　相沢事件――二・二六への導火線』（河出書房新社、二〇一三年）
小坂慶助『特高　二・二六事件秘史』（文春学藝ライブラリー、二〇一五年）
鈴木貫太郎伝記編纂委員会編『鈴木貫太郎伝』（一九六〇年）
若林滋『昭和天皇の親代わり――鈴木貫太郎とたか夫人――』（中西出版、二〇一〇年）
田中清玄、大須賀瑞夫『田中清玄自伝』（ちくま文庫、二〇〇八年）
大須賀瑞夫『評伝田中清玄――昭和を陰で動かした男』（勉誠出版、二〇一七年）
立花隆『日本共産党の研究』（講談社文庫、一九八三年）
玉置辨吉編著『回想――山本玄峰』（春秋社、一九七〇年）
調寛雅『天皇さまが泣いてござった』（教育社、一九九七年）
古川隆久『昭和天皇』（中公新書、二〇一一年）

初出
感激居士　（オール讀物二〇一八年十二月号）
総理の弔い　（オール讀物二〇一六年十二月号）
澄みきった瞳　（オール讀物二〇一八年四月号）
転向者の昭和二十年　（オール讀物二〇一九年五月号）
地下鉄の切符　（オール讀物二〇一九年二月号）

単行本　二〇一九年八月　文藝春秋刊

DTP制作　ローヤル企画

文春文庫

昭和《しょうわ》天皇《てんのう》の声《こえ》

定価はカバーに
表示してあります

2022年7月10日　第1刷

著　者　中路《なかじ》啓太《けいた》

発行者　花田朋子
発行所　株式会社　文藝春秋

東京都千代田区紀尾井町3-23　〒102-8008
TEL　03・3265・1211㈹
文藝春秋ホームページ　http://www.bunshun.co.jp

落丁、乱丁本は、お手数ですが小社製作部宛お送り下さい。送料小社負担でお取替致します。

印刷製本・凸版印刷

Printed in Japan
ISBN978-4-16-791909-2

（　）内は解説者。品切の節はご容赦下さい。

赤坂ひかるの愛と拳闘
中村　航
北海道からボクシングチャンピオンを。その夢を叶えたただ一人の男・畠山と、ボクシング未経験の女性トレーナー・赤坂ひかるの、二人三脚の日々。奇跡の実話を小説化。（加茂佳子）
な-52-3

世界の果て
中村文則
部屋に戻ると、見知らぬ犬が死んでいた——。奇妙な状況におかれた、どこか「まともでない」人間たちを描く中村文則の初短編小説集。5編の収録作から、ほの暗い愉しみが溢れ出す。
な-69-1

惑いの森
中村文則
毎夜1時にバーに現われる男。植物になって生き直したいと願う青年。愛おしき人々のめくるめく毎日が連鎖していく。あなた自身も知らない心の深奥を照らす魔性の50ストーリーズ。
な-69-2

私の消滅
中村文則
心療内科を訪れた美しい女性、ゆかり。男は彼女の記憶に奇妙に欠けた部分があることに気づき、その原因を追い始める。Bunkamuraドゥマゴ文学賞を受賞した傑作長編小説。
な-69-3

李陵《りりょう》　山月記《さんげつき》
中島　敦
人生の孤独と絶望を中国古典に、あるいは南洋の夢に託した作家、中島敦。「光と風と夢」「山月記」「弟子」「李陵」「悟浄出世」「悟浄歎異」の傑作六篇と、注釈、作品解説、作家伝、年譜を収録。
な-70-1

湯を沸かすほどの熱い愛
中野量太
銭湯「幸の湯」の女将さん・双葉に余命宣告が。幸野家には双葉が亡くなる前に絶対に解決しておかなくてはならない秘密があった。話題の映画の、監督自身によるセルフ・ノベライズ。
な-74-1

ゴー・ホーム・クイックリー
中路啓太
戦後、GHQに憲法試案を拒否され英語の草案を押し付けられた日本。内閣法制局の佐藤らは不眠不休で任務に奔走する。日本国憲法成立までを綿密に描く熱き人間ドラマ。（大矢博子）
な-82-1

（　）内は解説者。品切の節はご容赦下さい。

新田次郎
劒岳〈点の記〉
日露戦争直後、前人未踏といわれた北アルプス、立山連峰の劒岳山頂に、三角点埋設の命を受けた測量官・柴崎芳太郎。幾多の困難を乗り越えて山頂に挑んだ苦戦の軌跡を描く山岳小説。
に-1-34

新田次郎
冬山の掟
冬山の峻厳さを描く表題作のほか、「地獄への滑降」「遭難者」「遺書」「霧迷い」など遭難を材にした全十編。山を前に表出する人間の本質を鋭く抉り出した山岳短編集。（角幡唯介）
に-1-42

新田次郎
芙蓉の人
明治期、天気予報を正確にするには、富士山頂に観測所が必要だ、との信念に燃え厳冬の山頂にこもる野中到と、命がけで夫の後を追った妻・千代子の行動と心情を感動的に描く。
に-1-43

新田次郎
ある町の高い煙突
日立市の「大煙突」は百年前、いかにして誕生したか。煙害撲滅のために立ち上がる若者と、住民との共存共栄を目指す企業。今日のＣＳＲ（企業の社会的責任）の原点に迫る力作長篇。
に-1-45

楡　周平
羅針
昭和37年。三等機関士の関本源蔵は妻子を陸地に残し、北洋漁業に出立した。航海の途中で大時化に襲われた源蔵が思い出したのは父のことだった。渾身の海洋小説。（香山二三郎）
に-14-3

楡　周平
ぷろぼの
人材開発課長代理　大岡の憂鬱
大手電機メーカーに大リストラの嵐が吹き荒れていた。首切り担当部長の悪辣なやり口を聞いた社会貢献活動の専門家「プロボノ」達は、憤慨して立ち上がる。（村上貴史）
に-14-4

西村賢太
小銭をかぞえる
金欠、愛憎、暴力。救いようもない最底辺男の壮絶な魂の彷徨は、悲惨を通り越し爆笑を誘う。表題作に「焼却炉行き赤ん坊」を加えた、無頼派作家による傑作私小説二篇を収録。（町田　康）
に-18-1